夜不語

詭秘檔案802

Dark Fantasy File

八角風鈴

夜不語 著 Kanariya 繪

CONTENTS

稍微查了查「風鈴」的定義。突然發現，這個物件，其實可以代表挺多的意思。

這種可以在風吹動的情況下，發出聲音的物品，多用來作為飾品。風一吹，用繩子拴著的鈴鐺或其他物體就會碰撞，發出聲音。

有人認為風鈴會引來惡靈，不宜擺放，但是也有人認為，風鈴能帶來好運。而古代的風水師，常用風鈴來預測風水，堪輿一個地方的好壞。

總之，眾說紛紜。所以，我也來講一個，關於風鈴的故事好了。

楔子

——叮鈴鈴、叮鈴鈴。

掛在窗臺上的風鈴響個不停。藍天白雲映照下，這個造型別致的風鈴，很是漂亮。

柏雪躺在病床上，看著窗口掛著的那個漂亮風鈴。看得出神。她不清楚自己已經盯著風鈴看了多久了。

大約，有半個小時了吧。

也許這個風鈴是上個病人留在病房中的。寶塔狀的風鈴，下邊是八個角如同宮殿的造型。而上方卻如同八十年代香港殭屍片裡的道士專用趕屍鈴。

風一吹，風鈴中的青銅擺子就會不停的撞擊風鈴的青銅部分，發出一連串的金屬碰撞聲。那聲音，也跟趕屍鈴一模一樣。

剛開始住進來時，柏雪還被風鈴的聲音給嚇了一大跳。但一段時間下來，就習慣了。現在久沒聽到風鈴的清脆響聲，她還真有些不習慣。

總之，在這個空蕩蕩的病房裡。寂靜是永恆的色調，有風鈴聲響的陪伴，也算不太孤獨吧。

柏雪的父母在外地忙工作，很難回來一趟。不久前相依為命的奶奶死了，母親想要接她去外地上學，不過柏雪拒絕了。

柏雪的理由也很充分。她的朋友都在風嶺中學；在班上，她可是語文課代表；作為高三學生，突然轉學，對考試也不利，怕跟不上進度。

女孩信誓旦旦的對父母說，哪怕是一個人，她也能獨自守著家過得很好。生活學習兩不誤。何況高三畢業後就要讀大學了，也順便學習如何獨立。

柏雪的父母見她如此有自信，也就順從了她的意見。

女孩開開心心的留在了生她養她的風嶺鎮，可惜丟臉的事情發生了。還沒高興幾天，柏雪就因為體育課受傷，被送進醫院。結果，腳被打上石膏，生活變得很不方便。如此一來，獨自一人生活的不便就赤裸裸的顯現出來。她沒敢第一時間告訴父母，幸好還有幾個要好的朋友，會到醫院來輪流陪她。為她送筆記，替她做一些力所能及的事。

容春就是她最要好的朋友之一。

「所以，妳今天換到了這個病房。嗯。」容春一邊用鼻腔繞著彎的「嗯」著，一邊看著窗口的風鈴：「這是八角風鈴。」

「妳認識這個風鈴？」柏雪撐起身體問。

「當然認識，風嶺鎮郊外有一個叫做風女嶺的小山，據說在古代，就有許多專門製作八角風鈴的作坊。可惜現代的風鈴都是用機器做的，手工作坊倒閉了大半。」容春走到窗臺前，認認真真的打量著風鈴：「挺漂亮的風鈴，咦，居然是手工打造的。難道是古物？」

「不清楚。」柏雪搖頭：「我早上搬進來的時候，風鈴就掛在這兒了。可能是上個病人搬走時沒帶走吧。」

「怪了，如果是古董的話，應該也值些錢吧。上個病人幹嘛不帶走？真的是忘了。」容春懷疑道：「該不是某些噁心的傢伙專門在風鈴裡裝攝影機，偷窺我們這些美少女吧。現在有齷齪嗜好的人太多了。」

容春仔細的上上下下將風鈴打量了遍，窗外，風吹過來。風鈴在風中搖擺，流出一片清脆的響。

煞是好聽。

「沒問題嘛。」女孩沒看出個所以然，也沒找到蹊蹺處。

柏雪哭笑不得：「小春，妳這個人太多疑了。」自己的好友，本來就是個天性多疑的傢伙。

容春還是覺得這個風鈴，美是美，風吹鈴響的聲音也比普通風鈴好聽許多。可就是有哪裡不太對勁兒。但是要她說不對勁兒的地方，她又偏偏什麼也找不到。

這八角風鈴，始終有點怪異。

「我去發個朋友圈，看看附近朋友誰認識這個風鈴。挺值錢的東西，失主丟了肯定心痛。」容春用手機幫風鈴拍了張照片，放在社交網路上。

之後她坐到床邊上，和柏雪聊起了天。

「小雪，最近的風嶺鎮有點不太平。」女孩將自己從家裡特意帶來的湯拿出來：「趕緊喝了，這是小舞特意煮了讓我端給妳的。很營養喔。」

小舞是上官舞，她們三個在班上總是形影不離。很難想像這三個性格各不同的人是怎麼成為朋友的。但小舞的恬靜和時不時的神吐槽；榮春的神經質以及推理控；還有柏雪的寬容。三種性格竟然良好的互補起來。

「小舞做的湯總是很好喝，永遠喝不夠。」柏雪喝著湯：「對了，妳說學校哪裡不太平了。」

「例如說妳吧，無緣無故的，怎麼突然就摔倒。連右腳都摔斷了。」容春說。

柏雪苦笑：「都怪我自己不小心。」

「但妳之後，同樣摔斷腿的學生，在風嶺中學都出現好幾個了。」容春又道。

柏雪愣了愣：「巧合？」

「哪有那麼巧。」容春搖腦袋：「妳看看，妳是在空無一物的平地上摔倒的。學校是PU跑道，沒有坑坑窪窪，哪怕是摔倒了。怎麼會摔得那麼嚴重？其他幾個同樣重傷的學生，也是一樣。突然摔倒後爬不起來，結果腿就斷了。對了，小雪，醫生在妳的病歷上怎麼寫？」

「應力性撞擊傷害，造成右腿人腿骨折。」

「其他幾個同學也是撞擊傷害。妳說，空蕩蕩的操場能撞上什麼？明明是摔倒，怎麼會變成撞傷呢？」容春的懷疑論又開始發作了。

「好啦好啦，既然摔倒了，肯定是自己的問題居多，怪不得別人。」柏雪對什麼都很寬容，濫好人性格，「妳早點回家吧，還有功課要做。」

榮春得意道：「我可是幾年前就把高中所有課程自學完了，之所以不跳級，就是為了等妳們倆一起考上同一所大學喔。」

「對了，都忘了妳每次都用的這個藉口。」柏雪給了她一個白眼，催促著她快點回家。

窗外已近黃昏，枯黃的太陽把蕭條的街道染紅。紅得一如乾涸的血。榮春終於離開了，病房中，又只剩下柏雪一人。

空寂的病房，也隨著夜色的到來凋零著色調。

護士來了病房一趟，只是開了燈順便檢查了一下她的情況後，就急匆匆的離開了。

柏雪有些奇怪，這護士似乎對自己的病房有些忌諱。從進來到出去，臉上都浮現著莫名的不安，那是若有若無的被壓抑的恐懼？

難道自己的病房在不久前發生過什麼事？

寬容的柏雪濫好人性格發作，她怕給護士添麻煩，什麼也沒有問。

叮鈴鈴——

夜色瀰漫的風嶺鎮街道，流淌起風來。風吹入窗戶，整個房間風鈴聲響成一片。這風鈴的聲音果然好聽。

那晚，伴隨著整晚響個不停的風鈴，柏雪開始不停地做噩夢。午夜在夢中醒來，她一頭冷汗的翻起身體。

房中風鈴，依舊響個不停。

柏雪有點害怕了。她雖然粗神經，但是在這空蕩蕩的病房中，不知為何，女孩總覺得有一雙陰冷的眼睛，在一眨不眨，死死的盯著自己。

她遍尋不著視線的出處。

可那針扎的視線，刺得她靈魂都在發痛。

清脆的風鈴，流瀉著脆響。

「今晚風真大。」柏雪撐著身體，努力將打了石膏的腿抬起，想要下床將窗戶關上。

風鈴聲，令她煩躁。

可等女孩的視線落到窗戶上時，整個人都驚訝得愣住了。一股惡寒，猛地爬上了背脊。只見房間的窗戶，明明就已經好好的合攏了。但是風鈴，為什麼還在不斷發出響聲？

關好的窗戶內側，古色古香的八角風鈴在無風的地方搖晃不止，響聲不絕。猶如有什麼無形的東西，不停的撞擊在風鈴之上……

風鈴的響，帶著腐臭的死亡氣息，席捲在病房中！

楔子之二

沒有笑聲的風嶺鎮，不過是個陰森淒冷的地方而已。

人類是群居動物，但人類這種群居動物，同時又有怪異的排他性，以及群居動物都會有的自私。

在風嶺鎮的這些日子裡，我好不容易才弄明白一件事。這個封閉的小城鎮，雖然仍舊會出現在國家的版圖上。但是由於封閉的原因，每個人都無比的自私。

流通於風嶺鎮特殊的自私文化，我覺得，或許並不是貶義詞。

在這裡，每個人都認為，無論風嶺鎮其他人有什麼樣的問題，那也只是他個人的問題，只有他自己能解決。和本人並沒有關係。

這座被關閉了出去的大門的小鎮上的居民，只有一個最基本觀念——他們覺得其他人的麻煩和自己都沒有關係。只要自己活下去，就好。

可，對他人經歷失去痛感，最終會讓每個人的生活成為地獄。

風嶺鎮，十分之一的人口，無法自由出入。他們被關在了風嶺鎮中，離不開，出不去。所以這裡，就是活生生的地獄。

我之所以能搞清楚這個問題，還要從我和元玥來到了風女嶺之後，發現了一座掛著風鈴的牌坊說起。

在被黑風追著，快要沒命的時候。就是那密密麻麻的八角風鈴的怪異聲響，救了我們的命。

宮殿般的老舊牌坊裡，竟然走出了一個穿著白色運動服，精神抖擻，但是卻面色冷凝的美少女來。

美少女出現的那一刻，充斥著大氣流動，無所不在的風。甚至都因為她，而停歇了。

她說，她的名字叫。瑩瑩。

她被小鎮某些充滿惡意的居民，關在這個快要倒塌的古舊牌坊中。

而我，卻感覺，事情遠遠沒有她說的那麼輕描淡寫，更沒有那麼簡單。

「我叫瑩瑩。夜不語先生，元玥小姐。我想你們一定有許多的疑問。放心，我會給你們一個滿意的答案。」素未謀面的女孩，輕易的叫出了我們的名字。

我和元玥同時臉色一僵。

「我沒有惡意。真的。」瑩瑩很漂亮，她大約只有十八歲模樣。黑長直的披肩長髮在陽光下反射著迷幻的色彩。一開口，美少女神色中的冷凝就被打破了。她看了看我，但視線主要還是凝聚在元玥的臉上。

滿月的大眼睛，充滿了好奇。看得元玥不由得有些害羞起來。

元玥咳嗽了一聲，看著牌樓下的大門。門上有一把青銅大鎖，這把青銅大鎖鎖住的是一條胳膊粗的鎖鍊。

整條鎖鍊大得驚人。牌樓下方是個八角形的宮殿狀，佔地面積大約十八公尺寬，十八公尺長，足足三百二十四平方公尺。如此龐大的體積，那條青銅鎖鍊硬是將其捆了起來。捆了一層又一層。

我數了數，捆了足足八層。可想而知，那根鎖鍊，至少也有數千公尺長。被捆住的牌樓中，瑩瑩就住在裡邊。想要出去，唯有跳下來。這個牌樓下方宮殿模樣的八角形並不高，只有三公尺。努力一下，跳下來還是沒問題的。

但美少女並沒有往下跳的打算。似乎，裡邊還有些隱情。

「所以，你們也看到了。我被困在這鬼地方，出不去。當然，也不能盡地主之誼，讓元小姐和夜不語先生進來作客了。」見我的視線在青銅鎖鍊上繞了好幾圈，瑩瑩聳了聳肩膀，雲淡風輕的說。

元玥咬著嘴唇，對眼前的女孩，她似乎有那麼一些印象。等好不容易想起來時，她整個人都跳了起來：「妳是我在英國時的，那個網友？」

「是我。」瑩瑩沒有否認：「我想請你們幫我一件事。無論是妳也好，還是夜不語先生也好。幫我，同時也是在幫你們自己。」

「什麼意思？」我皺了皺眉。

「因為事成之後，夜不語先生，你能得到你想拿的那樣東西。而元玥小姐……」

說到這裡，瑩瑩好聽的語調頓了頓：「元玥小姐。妳對自己的身世有些懷疑了，對吧？為什麼妳沒法走出風嶺鎮？」

元玥一聲不吭，臉色鐵青。

「放心，我都會告訴妳的。全部告訴妳。」瑩瑩看著元玥，突然笑了：「姐姐！」

第一章 血腥界限

朗朗晴天，那輪熾熱的豔陽照射在天空之上，看起來極為舒暢。

雖然是大太陽的天氣，但由於風嶺鎮位於深山中，又是春天。不冷不熱的氣候，令人極想出去春遊一番。

禮拜日，五個高中生確實也準備這麼做。

風嶺鎮的風從不止歇，而其實最近三年，每個人的內心都堵塞著。大人們似乎對小孩子隱瞞著什麼。學校裡也死氣沉沉。雖然經歷過三年前的死亡通告詛咒事件，但學生們終究是個健忘的族群。

壓抑到難受的風嶺鎮裡，活力旺盛的年輕人們總是想做一些能夠掀開死皮一般的、令人不那麼難受的活動，讓自己輕鬆一點。

所以瞞著家裡人，向東、古芳芳、龔娜、師文和畢峰五個人，偷偷的溜到了小鎮郊外準備好好野餐郊遊一番。

如果不隱瞞的話，這種活動，家裡肯定是不允許的。

郊外的山道上，在約定的地點，他們五個紛紛從小鎮的好幾個方向匯入了荒野。大家小心翼翼不被鎮上的其他人發現，最終在早晨十點半碰了頭。

「芳芳，妳來得真早。從家裡帶了什麼好吃的？」第一個到的龔娜問古芳芳。

古芳芳聳了聳肩膀：「香腸和麵包。」

龔娜立刻苦著臉：「我也帶了香腸和麵包。想要換口味的想法看來是落空了。」

「這也是沒辦法的事。」古芳芳笑起來：「只有這兩樣東西很容易從家裡帶出來又不容易被發現。」

她轉頭看了看：「三個男生還沒有到？」

「男生也會遲到。明明遲到是咱倆的專利才對。」龔娜撇嘴：「特別是向東，明明是他提議我們今天郊遊的。作為發起人，居然給我們兩姑奶奶遲到。」

女孩有一句話沒說，要不是看在向東長得帥的面子上。這兩位姑奶奶可受不了這委屈，早走了。

約定時間過去了足足半個小時，三個男生也遲到了半個多小時。

快要接近十一點時，這三個傢伙才一邊開玩笑一邊慢吞吞的來到了集合地點。

龔娜聽到了少年們從遠至近的吵鬧聲，頓時站起身，扠著腰桿罵道：「你們三個還捨得來。居然給姑奶奶們遲到了這麼久。」

露出身形的三個少年中，師文雙手合十抱歉道：「抱歉抱歉，向哥準備了些郊遊用的東西，所以不小心遲到了。」

「師文，你叫什麼師文嘛，乾脆叫斯文得了。越長越娘炮。」龔娜嘴不饒人，顯然是極為氣憤。

師文被開玩笑開習慣了，也不生氣，不停道歉後龔娜才稍微消氣一些。

古芳芳等三人露出了曖昧的笑容。一個娘炮一個男人婆，明明互相有好感而且非常登對互補的兩個人，卻從來不說破自己的感情。有些人，還真是不誠懇呢。

「我來看看，兩位美女都帶了什麼好吃的。」向東跑過來，掀開兩個野餐籃子一看，頓時苦了臉：「香腸和麵包。呃呃呃，好豐富。」

見帶了食物的兩位美女面色不善，他終於還是把抱怨硬生生的塞回了喉嚨裡。

「好餓啊，吃東西吃東西。」畢峰打圓場的一屁股坐在草地上，看著眼前的青山綠水，拿起兩片麵包夾在香腸中，香噴噴的吃起來。

「貪吃，什麼都吃得下去。不知道的還以為你上輩子是豬投胎的。」龔娜的那張嘴毒得很，恐怕也只有娘炮師文能受得了。

一行五人在山坳中，一邊感受著無處不在的風的吹動，一邊看著腳下修建在山間平地上的風嶺鎮。

眺望中，平靜的風嶺鎮看起來和別的任何城市似乎沒有什麼不同。但是，越是看，越是覺得，城市裡飄蕩著壓抑以及，無時無刻不在困擾著他們的，詭異。

突然，向東抬頭，說了這麼一句：「老實說，你們有多久沒有離開過風嶺鎮了？」

「好幾年了吧。」所有人都愣了愣。畢峰一邊吃東西，一邊含糊不清地說。

古芳芳想了想：「準確的來說，是三年兩個月又三天。」

「你的數字好確切。」龔娜眨巴著眼。

「小娜，妳也知道我是學鋼琴的。三年兩個月之前，我本來準備去省上參加比賽。可爸爸突然就取消了行程，叫我不要去了。」古芳芳的眼皮跳了好幾下，顯然非常不滿：「我也問過爸爸為什麼，可爸爸不告訴我。他那張臉上可怕的表情，我至今忘不了。爸爸，似乎在害怕，怕得要命。」

「我家也是。父母從三年前一直不准我離開風嶺鎮，更不要去郊區。但就是不告訴我原因。」師文文綴綴的聲音裡，也有些不滿。

四個人都表達了對大人們為什麼不准許自己離開風嶺鎮的抱怨後，向東又說話了。他壓低了聲音，神秘無比：「據說。只是據說。並不是大人們不准我們離開風嶺鎮。而是，我們根本出不去。所有妄圖逃出風嶺鎮的人，都神秘的死掉了。」

向東的最後一句，用了「逃」這個字，而不是離開。兩個字之間差別意味深長，令所有人都沉默了下來。其實類似的傳言，三年中，他們怎麼可能沒有多多少少聽說過？

「那，那，這是不是真的？」畢峰弱弱問。

「我也不知道啊。」向東撓撓頭：「所以我才發起了這次郊遊。」

龔娜大聲「啊」道：「結果這次不是單純的郊遊啊。」

「當然了。這裡可是父母嘴巴裡的禁地喔。」向東轉過頭，視線落到了山的右側。只要翻過這座山，就能到別的城鎮。

究竟能不能出去，向東想要試一試。

大家在他的話中，沉默了。他們沉默的吃完了簡單的午餐，每個人心裡都藏著東西。有專家證明過，一個人一生的生活半徑，百分之九十九，大約就在直徑五公里的範圍內。特別是小城市。

小城市中的人，生活簡單，每天都是三點一線。看起來不需要出遠門的。但是，但是人類終究是嚮往自由的生物。能不能出去，和想不想出去，也根本就是兩回事。

年輕人們，更是會衝動的打破禁錮的族群。哪怕魯莽的代價，或許會重的難以承受。

「去年，我一個叫娜娜的朋友。大家都應該知道她，在學校挺占靈子[1]的一個女孩。」古芳芳將手上沒吃完的麵包，餵了地上的螞蟻。地面被她無意識的撒了一大堆的麵包屑：「說是占靈子，說是叛逆，但我覺得娜娜其實挺有個性的。去年有一天，她對我說，想要走出風嶺鎮，到外邊看看。」

「結果怎麼樣了，她走出去了沒有？」龔娜緊張的問。

古芳芳苦笑：「有沒有走出去，我不知道。我再也沒有聯絡上她過。電話沒人接聽，去她的家，也沒人在。」

眾人又一次沉默了。

「她應該是死了。」向東輕聲下了結論：「你們沒發覺，三年來，多出了許多只剩下小孩的家庭。許多人的父母，在這三年中，全都下落不明。我猜，可能全都是試圖離開風嶺鎮，但卻死在了途中。」

師文爭論道：「可是，只不過是離開風嶺鎮罷了。為什麼會死？誰阻止我們離開，是一個組織嗎？警察不管嗎？」

他雖然也聽過小道消息說，風嶺鎮只能進不能出，但卻沒有切身的體會。在這個經由網路連結在一起的地球村裡，人反而很容易就對自己周遭的一切，視而不見。

「所以說，我們來試試，走出去。」向東加大了聲音。他的視線越過樹林，朝著鄰鎮又看了一眼。

「只有試過，才知道風嶺鎮究竟是不是只能進不能出。是不是有什麼東西，真的在阻礙我們離開。」向東一邊說，一邊收回視線，眼神上上下下的在剩餘四人的身上滑動：「而且，我們五個人為什麼會成為朋友？其實，我們五個人，都有理由出去，對不對？」

第三次沉默，瀰漫在五人之間。

1 占靈子：南方方言，通常是貶義。指一個人張揚，叛逆。

過了許久，畢峰才開口道：「沒錯。有機會的話，我確實想出去。找我爸。據說我爸去了鄰鎮。可是每次老媽這麼說的時候，總掩飾不住傷心。我覺得，她肯定瞞著我什麼。」

「我爸也失蹤了，半年多前。也說是去了鄰鎮，可是電話根本打不通。」龔娜遲疑道：「這之間，有關聯嗎？」

向東、古芳芳、龔娜、師文和畢峰，這五人之所以會成為朋友。就是因為他們的父母親，其中一人都在這三年間，據說離開了風嶺鎮。但是之後就再也沒有了聯絡。失去了其中一個勞動力，落入生活困境的五個家庭，雖然有政府某個連名字都不清楚的神秘部門的支持。可是，對父親或者母親的思念，足夠令每個人鋌而走險。

風嶺鎮政府，一直以來雖然沒有明令禁止風嶺鎮的人離開風嶺鎮。但是一開始是有派人在邊界線上巡邏、阻止。三年過去了，政府越來越力不從心。可是大家對「不離開風嶺鎮」，也形成了一種約定俗成的默契。

「向東，你說沒人能離開風嶺鎮。可是風嶺鎮這些年來的大量物資，都是從外界買來的。這又是怎麼回事？」龔娜的語氣咄咄逼人。她覺得自己如果認同了向東的理論，那麼自己的父親，難道已經遭遇了不測？

不可能，這絕對不可能！

「據說，外來人可以進來可以離開，但是風嶺鎮剩下的兩千人，卻無法離開。」

向東果然知道些內情，看來這「逃離風嶺鎮」的功課，已經做了很久了。

古芳芳心很細：「你策劃多久了？」

「什麼？」向東在裝傻。

「別裝傻。你策劃逃出去，多久了？」她加重語氣。

向東撓了撓頭：「一年半了。」

「這麼久？」所有人都倒抽了一口冷氣。古芳芳嘆氣道：「你可真愛你爸。」

「廢話，我的老爸是沒有人可以代替的。」向東眼睛一縮，極有氣勢。

畢峰指著他，解釋道：「這傢伙的爹，兩年前說要離開風嶺鎮，之後便失蹤了。他老媽跟鄰居眉來眼去的，再不找到自己的親生父親，他老母就要給他找後爹了。」

其餘三人哭笑不得，感情還有這個內情。難怪崇拜父親的向東會這麼急。不過剩下四人對父母的思念，也確實積累到了極限。

「既然你策劃逃出風嶺鎮，那麼，肯定是知道些門道。」古芳芳在五人中，算是聰明的：「說出來，全說出來。我們要面對什麼？」

向東「嘿嘿」笑了兩聲：「首先，要知道第一點，風嶺鎮確實是只能進不能出。阻止我們出去的，不是政府或者某個神秘組織，而是一種神秘的力量。這股力量，將整個風嶺鎮籠罩了起來。而範圍，就是以那個為準！」

他手一指，指向了遙遠的山間荒草中。

龔娜四人眨巴著眼，硬是沒有看出來向東指的是個啥。

向東見他們迷茫的亂瞅，頓時尷尬的笑起來：「走過去看，幾步路的距離。」

四個人跟著他開始爬山。風女嶺在路的左側，沿著一條荒草叢生的古道走了六七分鐘，眾人來到了路的盡頭。

向東又用手指了指：「就是那個。」

他手指著一根深埋地底的古老界碑。

「界碑？這個已經有上千年歷史的老界碑不是早就廢棄了嗎？現在咱們風嶺鎮用的是幾十年前確權時候用的新的界碑。」師文疑惑道。

向東撇撇嘴：「但是那股超自然力量，沿用的是老界碑的分界方法。所有留在風嶺鎮的人，都無法踏出遍佈風嶺鎮四周的老界碑一步。否則……」

「否則會怎樣？」畢峰心裡一顫。

「我還是做個實驗給你們看吧。離遠一點。」向東要大家離開界碑，退後數十公尺，之後從背包裡掏出了兩個塑膠袋。

龔娜好奇得低頭望過去：「裡邊有什麼，軟軟的。哇靠，向東，你怎麼在袋子裡裝了兩坨豬肉？用豬肉怎麼做實驗？」

「看仔細了。」向東神秘的一笑，之後將左邊的那一坨大約有一公斤重的豬肉拿在手裡。助跑幾公尺後，使勁兒的扔了出去。

油水十足的豬肉白花花的，在太陽的照射下，在空中劃過一道優美的弧線。之後越過界碑，重重落在了地上。

什麼也沒有發生。豬肉在落地後，就那麼靜悄悄的躺在地面，散發著油膩的氣息。

「什麼都沒有看到啊。」龔娜嘲笑道：「這算哪門子的實驗？」

「再看好了。」向東不動聲色的拿起了另一塊豬肉，照樣助跑幾公尺，將第二塊豬肉扔了出去。

同樣一公斤左右的豬肉，在空中飛起。以不慢的速度在風嶺鎮的古老界碑頂端升到了拋物線的最高點，說時遲那時快，異變突生！

風，吹了起來。一股無形的風，從界碑外往內部吹拂而過。站在幾公尺外的他們都能感覺到這股如同高壓氣體噴射出來的爆炸感。

高速飛奔的風硬生生的將準備越過風嶺鎮界碑的豬肉切割成了好幾塊。

所有人都看傻了，嚇得瞠目結舌。

「我的媽呀，這是這麼回事？」好半天，畢峰才合攏大吃一驚的嘴巴，結結巴巴地問。

向東顯然已經做過了好幾次實驗，雖然仍舊害怕，但卻已經不那麼震驚了。

剩餘的人臉色漆黑，他們嚇得有些不知所措。等好不容易平復好心態後，聰穎的古芳芳才望向了向東：「這股怪異又致命的風是哪裡來的？這就是你口中的超自然現象？」

沒錯，確實是超自然現象。科學根本無法解釋眼前的事實。

「會不會是界碑下面有機關。」師文聲音都在發抖：「只要觸發了機關，就會從地面噴射高能粒子帶動速度高達每秒幾百公尺的風？」

一股風如果能將重達一公斤的豬肉連續切割，只有一種可能。那便是風速足夠快。

「剛開始的時候，我也跟師文有同樣的想法。會不會是有某種機關。有什麼組織，在底下埋設了高科技的裝置。」向東在所有人的眼神逼視下，苦笑道：「於是我一直做實驗。發現只要是越過風嶺鎮周圍古老的界限，哪怕不在界碑附近。就會受到一股莫名其妙的，不知道從哪裡冒出來的致命的風的襲擊。」

他的語氣頓了頓：「風嶺鎮雖然不大，但是沿著界碑的這條邊界線，卻足足有一百多公里長。如果真有高科技陷阱的話，肯定很昂貴，對吧。更不用說，要鋪設一百多公里長的地方。這到底要花多少錢？」

「所以，這是國家行為？我們成了試驗的小白鼠？」畢峰美國影集看得有點多，越想越覺得是國家層級的陰謀。

古芳芳嗤之以鼻的搖頭：「沒有哪個國家政府會做這種實驗。你天涯上的陰謀論看太多都中毒了！」

「那現在該怎麼解釋？」畢峰紅著脖子爭論道。

「吵毛的，有什麼好吵。現在吵亂亂也沒毛用。」龔娜大喊了一聲：「你們沒注意到嗎？明明向東扔出去的第一塊豬肉就沒問題。越過了風嶺鎮的古界碑。向東，你究竟知道什麼？」

向東嘆了口氣：「我知道的不多。只是加入了幾個隱密的論壇。風嶺鎮一些想要逃出去的人私底下建立了暗網，互通有的沒有的資訊。拋豬肉檢測法，就是論壇上的辦法之一。」

「論壇上有沒有說，我們是被什麼禁錮住了？」古芳芳眼睛一亮：「還有，那些離開的大人們，有沒有受到這些怪風的襲擊？」

「這個，我還真不知道。哪怕是論壇上，你這兩個問題都是所有人最想解開的謎。」向東搖頭。

師文皺了皺眉：「那你還是先說說，那兩塊豬肉是怎麼回事？為什麼同樣是豬肉，同樣的大小，下場卻不一樣？」

向東點點頭：「這個我可以解釋。其實那兩塊豬肉，根本就不一樣。第一塊豬肉，是外地運來的。而第二塊豬肉，是本地土生土長的。從出生到宰殺，都是在風嶺鎮內部。」

他的話故意在這裡停了停。聽懂的人，全都渾身一震。

古芳芳只感覺全身升起毛骨悚然的感覺：「你的意思是說，只要是在風嶺鎮土生土長的，無論是人還是豬，都無法逃離風嶺鎮的古界碑範圍？」

「不，不僅是動物。」向東搖了搖腦袋，手一指：「你們看看那些樹。」

眾人都朝界碑附近的樹木植物望了過去。界碑周圍長滿了荒草，高低不齊的樹木也有不少。一時間並沒有看出什麼端倪來。

「我看不出有什麼不對頭啊。」龔娜快人快語。

其他人也點頭認同。

「論壇上有人懷疑，只要是風嶺鎮裡形成的蛋白質，都無法離開。證據就是風嶺鎮古老界限上的植物。」向東解釋道：「植物雖然也有蛋白質，但是很少。枝幹樹葉裡邊的植物蛋白更是少之又少，所以它們才能越過界碑，生長到風嶺鎮外去。」

「但是種子不同。」向東從地上的荒草中，扯出了一根雪白的球狀蒲公英團。天空的顏色對應著早熟的蒲公英，潔白漂亮。

他將蒲公英團放到嘴邊，朝著界碑外使勁兒一吹。

無數蒲公英的種子，撐著潔白的小傘，在風中飛向了風嶺鎮之外。眼看著它們快要飛出去的瞬間，空氣如同靜止的熱油裡倒入了濕透的豆子，「劈哩啪啦」的響個不停。

所有妄圖飛出風嶺鎮的蒲公英，都被無形的風切割成了好幾塊，飄飄揚揚的灑落一地。

震撼的恐怖景象，令全部的人頭皮發麻。

「種子裡據說含有大量植物蛋白，所以，根本無法越過風嶺鎮的古界限。」

向東默然道。他的話，他的展示，令剩餘四人再次無比恐慌。

「好了，你也解釋夠了。向東，既然你今天叫我們來郊遊，又神秘兮兮的告訴了我們真相。那麼，你是不是已經找到了，可以出去的辦法？」聰明的古芳芳，突然想明白了什麼，問道。

顯然古芳芳的話打破了向東自以為是的敘述節奏。他愣了愣，最終又一次望向了遠方。

「沒錯，我確實有一個逃出去的，辦法！」

第二章 絕望之路

人的一生總是會遇到許許多多的轉機。老話說，三起三落，說的就是一個人能夠自己掌握的機遇，至少有三次。但就看那機遇，你能不能把握得住。

顯然，向東這段時間以來的努力並不是白費功夫。

「我確實有一個能夠逃出去的辦法。」這句話，讓剩餘的四人都呆住了，就連古芳芳都張大了嘴巴。她只是隨口一猜罷了，沒想到向東還真的有辦法。

但是什麼辦法，才能逃脫遍佈在風嶺鎮古界限上，明顯超越了現有科學能夠解釋的神秘風殺陣呢？

向東沒有吭聲，他從隨身揹的登山包裡拿出一件又一件準備好的東西。

「這都是外界的東西。」他向四人展示了一番。一根繩子、一坨豬肉，還有一個怪異的用黑色的塑膠袋包裹得嚴嚴實實的巴掌大小物件。

「都是些什麼啊？」龔娜嚴重懷疑：「用這些東西，真能夠出去？」

「據說可以。所以我準備先做做實驗。」向東也有些不確定。

師文的眼神有些不太對。龔娜抬頭，見到他臉色極差，忍不住問：「師文白痴，你怎麼流了一頭的汗？」

她伸手一擦，汗，都是冷汗。

「我在想，我們真的還有出去的必要嗎？」師文的聲音在顫抖，內心非常掙扎。

龔娜瞪了他一眼：「為什麼沒有必要？」

「我覺得沒必要了。你們也見過試圖離開風嶺鎮的後果。無論是誰，都沒辦法越過風殺陣。我猜，我猜我們的親人，恐怕已經死在了這條邊界線……」還沒等師文將話說完，龔娜已經「啪」的一巴掌，狠狠抽在了他臉上。

師文臉上浮現出清晰的五根手指印。

龔娜狠狠道：「我爸才沒有死。誰死了，我爸也不會死。」

女孩的聲音同樣在發抖。剛剛在向東解釋時，同樣的想法也曾經出現在自己的腦海中。但是她根本不敢細想下去，只能逃避。

兩人的對話，戳中了每個人的恐懼點。古芳芳和畢峰低下頭，表情陰鬱，顯然心有所思。

「想什麼呢。你們以為我費了這麼大的力氣，是自找絕望嗎？」向東大喊一聲：「我們的父母不一定死了。既然我都知道風嶺鎮這條邊界線的漏洞，或許我們的父母也知道。出去找一找，就清楚誰家的母親死了，誰家的父親還活著。否則，我還出去幹嘛？」

剩餘四人頓時眼睛一亮：「真的有人出去過？」

「當然有。」向東點頭：「這個辦法，就是那個人告訴我的。你們不知道，我有一個鄰居姐姐，大我三歲。一個挺奇怪的姐姐，叫榮春。不久前榮春姐姐還在鎮外，最近回來了，之後又出去過一趟再回來了。跨過這條殺陣，對榮春姐姐來說簡單得很。」

「你調查過她嗎，她確定能自由出入？」古芳芳精神一振。

向東點頭：「確定和肯定。出入的方法，也是榮春姐姐告訴我的。她解釋說，我們眼前的邊界線下，有古人埋設的機關。這個機關在三年前的死亡通告事件之後，就因為某種原因被觸發了。」

「某種原因？到底是什麼原因，她有說嗎？」古芳芳又問。

「沒有。」向東搖了搖腦袋：「榮春姐姐對這個避而不談，或許，她也不清楚吧。」

「她人可不可靠？」古芳芳依舊抱著懷疑。

畢峰接著說道：「我跟向東是哥兒們，經常去他家玩。那個叫榮春的姐姐我也很熟。脾氣真的挺怪，對什麼都保持懷疑態度。但是她說的話倒是可靠，不會亂騙人。」

但古芳芳不知為何，老覺得有些不太對勁兒。但具體不對勁兒在什麼地方，卻完全說不上來。

畢竟向東的話，給了差不多快絕望的大家一絲希望。沒有誰希望自己的父親或母親死掉。可是在完全無法聯繫上的風嶺鎮內待著也不是好事。和向東一樣，他們每一個人，都有各自的理由希望儘快尋找到父母。

這個理由，足夠他們鋌而走險。

古芳芳怕問太多反而不好，於是也不吭聲了，示意向東做實驗。她打算親眼看看向東的實驗。

向東先用繩子的一頭將黑色包裹以及豬肉捆在一起：「這是本地豬肉。看清楚。」一邊解釋，他一邊用刀從豬肉上切下來一塊，朝古邊界扔了過去。只看一陣陣無形的風吹過，那塊肉被切割得支離破碎。

無論看多少次，這樣的詭異場景都會驚悚得令人頭皮發麻。

「豬肉確認過了，那麼來做實驗吧。」向東神色緊張起來，他檢查了繩子牢不牢固，之後將豬肉提起來，繞著圈子的甩動。甩了幾圈後再次用力，綁著繩子的那坨豬肉離弦之箭般飛了出去。

向東手裡的繩子不停的放出，順著豬肉的軌跡不斷的放長。

在所有人緊張的視線注目下，豬肉飛過了界碑，順利的落入下拋軌道。「嘩啦」一聲，落入了風嶺鎮外的草叢中。

古芳芳四人面面相窺，難以置信。剛剛才被切成碎片的豬肉明明是從這塊大豬肉上切下來的。可大豬肉本體，為什麼能成功越過邊界線？

大家都在迷惑的時候，極為聰明的古芳芳迅速抓到了重點，「向東，隨豬肉綁著的黑色包裹中是什麼東西？有它，就能活著離開風嶺鎮？」

見試驗成功，向東顯然鬆了口氣，抹了把冷汗點頭：「沒錯。那個東西，就是能夠逃出去的最關鍵的物品。我花了很大的功夫，才弄到手。」

剩餘四人各自對視幾眼，大家都能看到對方臉上的喜色。

「你自己出去過沒有？」古芳芳問。

向東搖頭：「沒有。我這也是第一次試驗。」

師文也不笨：「雖然豬肉是能越過邊界線。但豬肉是死的，人類畢竟是活的。和不完整的豬肉是兩回事。向東，你叫上我們，不會是準備找人當小白鼠吧？」

向東一陣尷尬：「其實是我一個人不太敢嘗試，所以就讓大家一起來。」

「那麼，誰來當，第一個呢？」這個問題始終是需要大家直接面對的。龔娜大大咧咧的先說了出來，引得所有人閉上了嘴。

猶豫再三，向東一咬牙：「還是我第一個先來吧。畢竟是我提議的。」

現在可不是講究義氣的時候，這畢竟關係到自己的生命，只要一有閃失，命都沒了，還講那麼多義氣幹嘛？在生命面前，每個人都不笨。風嶺鎮邊界線上那個死亡風殺陣太過詭異凶險，沒有人知道它的原理，也搞不清楚它的篩選原則，是不是如同向東所說的，只會篩選土生土長在風嶺鎮的蛋白質。

沒有人願意被莫名其妙的切割成碎塊。

在所有人的視線裡，向東強自鎮定的拉動繩子將越過邊界線的豬肉給拖了回來。他把豬肉扯下來，只用繩子綁住了黑色包裹。之後又將黑色包裹牢牢的握在手心。

「等會兒，如果我順利過去了。大家就拉繩子將包裹收回來，一個一個利用包裹通過邊界。」向東說到這兒，語氣一頓，沉重的又道：「如果我被風殺掉了，那麼大家就回去洗洗睡吧，也別再想溜出去找父母了。」

他的好友畢峰喉結動了幾下，最終還是將千言萬語匯合成了兩個字：「保重。」

「安全！」剩餘的人同樣也只說了兩個字。

向東點點頭，深呼吸幾口氣，拖著繩子和手裡緊拽的黑色包裹，一步一步，緩慢的朝風嶺鎮的邊界線靠近。

荒埋在亂草叢中的古界碑，帶著能夠刺痛皮膚的陰冷。不知是不是錯覺，越是往前走，向東越是能聞到致命的氣息。他呼吸急促，身體不斷因為害怕而發抖。

近了！越來越近了。

古界碑在草叢中冒出了小半截，模樣古老殘破，卻帶著死亡的恐怖。

就在近在咫尺的位置，向東猶豫再三，最後閉著眼睛邁出了一大步。他半個身子越過了風嶺鎮的古邊界，風殺陣並沒有啟動。

向東大為驚喜，睜開眼睛迅速往前走。沒有死亡，身體也沒有被埋在地下的神秘機關切割成碎塊。他順利的離開了風嶺鎮的範圍。

眾人大喜若狂。

「我靠！他走過去了。我們能出去了，我們真的能出去找父母了！」畢峰興奮道直接爆了粗口：「我第二個。」

接下來的情況，就沒什麼特別的了。

有向東打頭陣，古芳芳、龔娜、師文和畢峰一個接著一個藉著黑色包裹裡的東西離開了風嶺鎮的邊界線，來到鄰鎮邊緣。

「走吧，去找我們的爸爸媽媽。」龔娜開心的大喊一聲，率先朝鄰鎮走去。

鄰鎮是一個叫做洪洞鎮的地方，因為臨近經濟開發區，所以薪資一直都比風嶺鎮優渥許多。所以龔娜等人的父母，往往為了兒女能過得好，都會每天開車或者搭車到洪洞鎮工作。直到三年前，這種狀況突然戛然而止。

向東等人的想法也很單純，雖然聯繫不上父母。但是他們的家裡都有父親或者母親偶爾匯入的錢款。這是不是能夠證明，如果父母沒死亡的話，仍舊還在洪洞鎮上正常上班呢？

去洪洞鎮父母的公司的話，說不定就能找到自己的父母了。

古芳芳也三年沒有離開過風嶺鎮，哪怕是在荒草叢生的邊界線，但女孩子始終還是細心的。她掏出手機，對照了一下地圖：「往那個方向走，有一條路能夠通往洪洞鎮。」

這個有些小聰明的女孩，哪怕是越過了邊界線，也老覺得哪裡有些不太對勁兒。五個人快樂的邁步在荒草中遠離風嶺鎮。走了半個小時後，卻發現他們居然繞了一圈，又回到了邊界線上。

「咦，怎麼回事？」畢峰眨巴了下眼睛，沒搞懂：「我們怎麼又回來了？」向東撓了撓頭：「走錯路了？」

「再往剛才的方向走一次吧。」龔娜抬頭向後望。左邊是風嶺鎮地界，右邊是洪洞鎮。沒錯啊，站在這兒居高臨下，兩個小鎮的建築都能隱約看到：「這一次我們輪流盯著洪洞鎮的方位走試試。」

眾人都覺得這個方法可靠，畢竟山裡走路，哪怕是有地圖和指南針，對不熟悉路的人而言還是很容易迷路。但是一直看著參照物走的話，應該沒問題。

就這樣他們走一段路，就輪流確定洪洞鎮的位置，之後又走一段路。眼看洪洞鎮外的建築物越來越近，正喜出望外時，絕望的事情，再一次發生了。

一個小時後，古芳芳在他們路徑前方的亂草叢裡，發現了風嶺鎮的古界碑。他們繞了一圈後，又一次回到了原點。

「該死！這算什麼。我們明明瞅著洪洞鎮的建築走直線，怎麼走著走著又回來了。」畢峰破口大罵，臉色鐵青。

剩餘的四人，神色也好不到哪兒去。事情顯然超出了大家的理解範圍，明明洪洞鎮都已經近在咫尺了，為什麼自己會突然又回到了想要離開的原地？到底有什麼東西蒙蔽住他們的眼睛，阻止他們離去？

「我們不會遇到鬼打牆了吧？還是……這附近有迷魂蕩！」師文看書多，說出了自己從小說中看來的兩個詞句。

可發生在眼下的狀況，也只有鬼打牆和迷魂蕩能夠解釋了。

龔娜嗤之以鼻：「大家都是土生土長的風嶺鎮人。我還從沒聽說過附近有什麼迷魂蕩或鬼打牆的故事。」

師文少有的反對：「可我們也從來不知道風嶺鎮的古邊界線上，有什麼殺人的陰風啊。」

龔娜被這句話堵住了，沒辦法反駁，惱羞成怒的重重拍著師文的背：「要你瞎插話。」

師文被打得咳嗽了好幾聲。古芳芳的眼神一直在向東的周圍繞來繞去，她發現向東似乎也在仔細辨別什麼，不由得皺了皺好看的眉頭。

「向東，你在找什麼？」

向東愣了愣：「我在找出去的辦法。榮春姐姐只說過了風殺陣就好了，可沒說過會遇到走不出去的情況。」

話音剛落，界碑附近猛然冒出一股刺骨的陰森寒意。無色無味的陰風從風嶺鎮的邊界線刮過，切掉了附近半米高的蒿草，直直朝他們飛來。

眼看著由遠至近的蒿草斷裂，齊刷刷的受到地心引力影響，落向地面，全部的人都嚇呆了。

「快跑。」龔娜尖叫一聲，隨著她的尖叫，所有人全部往相反方向逃命。

背對著致命的風，逃得慢了一點的畢峰可沒那麼幸運。他躲避不及，慘叫一聲，被風割斷了雙腿。

「救命，救我！」畢峰頓時倒在了地上，他的大腿被整齊的割斷，由於斷得太快還沒感覺到痛。畢峰慘叫著，猶自用手在地上爬。

龔娜大喊：「快去救畢峰。」

師文一把拽住了她：「我們救不了他。妳看後邊！」

可怕的陰風猶如有意識，在空中一個迴旋後，那無法用肉眼捕捉的死亡氣息再次飛撲而回。這次割得更低。風在五公分高處割斷了大量的荒草，也將哀號著的畢峰切成了兩片。

哀號戛然而止，只剩無盡的風在淒厲的吹拂。

「安全了，那股風好像沒有繼續追我們。」師文打了個冷顫，跑得氣喘吁吁，最後乾脆停下了腳步。

「畢峰死了！他死了！混帳，你為什麼不讓我去救他？」龔娜尖叫著，不停捶打師文的肩膀。恐懼得如同被嚇壞的小孩。

師文沉默著，好不容易才等她平靜下來。

「謝謝你拉著我。」龔娜哽咽了幾下，揉了揉淚眼，最終道了一聲謝。她其實內心清楚得很，如果剛才師文不拉著她，只憑本能就想撲上去的她，早跟畢峰一起被那股怪風切成了兩半。

冷靜了一下，龔娜惡狠狠的雙眼，釘在了向東臉上：「向東，你說離開風嶺鎮後，就沒有危險了。你說的，可為什麼那股怪風還是在刮，還是在追殺我們？」

「我，我也不知道。」向東苦澀的笑著，臉色很難看：「明明我們已經逃出風嶺鎮地界了。」

「或許，我們並沒有逃出來。」師文讀書多的好處，在危險時刻就表現了出來：「誰有風嶺鎮的地圖？」

「手機上都有吧。」龔娜調適著心情，儘量不去想畢峰的死。現在與其不停責怪向東，還不如想辦法解決和避免危險。

在求生欲望下，腎上腺素會保證每個人都不犯傻。

「我指的不是手機裡的地圖。」師文搖了搖腦袋，看向向東：「向東，你為了逃出去準備了很久。衛星地圖肯定有吧？」

「我確實有，你要幹嘛？」自己最好的朋友死了，向東的情緒也不太好。他從口袋裡掏出幾張紙：「這裡有好幾種衛星地圖。」

師文找了個地方席地而坐，研究起地圖來。

龔娜自動在他周圍站崗。有生以來第一次，她如此的懼怕著風。風，這種大自然的尋常現象，為什麼會在風嶺鎮邊界上變得如此可怕。每一次風吹草動，都能令她全身緊縮。

向東和古芳芳，也沒好到哪去。他們環顧四周，每一次草尖的搖晃，每一次樹葉的晃動，幾乎都令他們草木皆兵。

過了好幾分鐘，見師文還在努力的研究地圖，龔娜實在忍不住了：「師文，你究竟在研究什麼？」

「小娜，妳也知道我喜歡看書，對吧。我以前在圖書館見到過一幅地圖，是風嶺鎮的老地圖。老地圖和現在的新的邊界線不一樣，對吧。」師文的話說得很沒有條理，顯然，他也在盡力的歸納自己腦中的想法。

「風嶺鎮老邊界和新邊界不一樣，誰都知道啊。」龔娜不滿道：「這還需要你研究。畢峰可是已經沒命了，我們不逃的話，誰知道會怎麼樣。」

「等一下師文。」古芳芳開口道：「小娜，就算是逃下去，恐怕我們也逃不掉。妳忘了，我們走了一下午，根本就沒辦法離開風嶺鎮邊界。這其中，肯定有些蹊蹺我們沒弄清楚。」

向東點頭：「芳芳的歸納很正確。」

「你給我閉嘴。」龔娜使勁兒瞪了他一眼：「都怪你，弄都沒弄好，半吊子就帶我們來送死。都是你的錯。」

「是是是，全是我的錯。」向東又是一陣苦笑，轉過頭，望向了遠方。

師文研究了一陣子，開始在一張白紙上寫寫畫畫。猛然間，他抬起了頭：「大家，我發現了一件事。」

「什麼什麼？」龔娜鬆了口氣，這個書呆子總算搞完了。

「你們看，這是我們現在的位置。」師文指著衛星地圖上的一個點，用筆標記：「這裡屬於風嶺鎮的古邊界，離鎮上大約五公里。如果我們把這一點作為古邊界的定位界線。那麼洪洞鎮的邊界，在古代，應該在這兒。」

師文在剛剛的記號邊上一公分的位置，又畫了一個點。

龔娜沒看懂：「什麼意思？」

但是看懂了的向東和古芳芳，全都渾身一抖，聲音顫抖：「你的意思是說，古代的風嶺鎮和洪洞鎮根本就沒有挨在一塊兒？」

「衛星地圖的比例尺是多少？」古芳芳問到了重點。

向東因為害怕而發抖得厲害：「一比一萬。地圖上的一公分，等於一公里。」

「也就是說，風嶺鎮和洪洞鎮之間，有大約一公里左右的空白地帶。」古芳芳用手抱著胳膊，她渾身都因為這個事實而起了雞皮疙瘩。

龔娜還是沒懂：「誰給我清楚的解釋一下？」

師文嘆了口氣：「小娜，我們就位於風嶺鎮和洪洞鎮之間的空白地帶上。這條空白帶，大約一公里寬。空白帶沒有界定，不知道本應該屬於風嶺鎮還是洪洞鎮。不過剛剛畢峰已經死了，那就意味著。這條寬達一公里的空白帶，都屬於風嶺鎮的邊界。」

「一公里寬，的邊界！」龔娜終於懂了，她嚇到了：「這一公里寬的邊界，都屬於有殺人陰風的地界？」

向東代替師文點頭：「十有八九。但是風殺陣的凶險程度，應該是最開始的邊界附近為首。否則我們在空白帶走了這麼久，也不會只有畢峰一個人慘死。」

「沒錯，空白帶上的致命陰風，應該是隨機產生的。」古芳芳也得出了這個結論。師文總結道：「是不是隨機我不清楚，但是只要小心一點，應該能找準方向走出空白點。再走一次試試吧。」

眾人深以為然，大家覺得與其在這裡等死，還不如再走走看。畢竟，他們已經無法回頭了。

一公里的空白帶，死亡隨時會降臨。天色漸漸在四個人的趕路中，緩慢的低沉了下去。日頭偏西，陰霾升起。可是山澗中長達一公里的空白帶，實在是太長了。溝壑、山谷、險坡。每個人都在緊盯著洪洞鎮的方位，對照著太陽落山的方向，也不時對照著地圖。

這一次很幸運。洪洞鎮的建築物越來越大，當所有人都開始鬆懈的時候。一股風，毫無預兆的吹了過來……

風，也是可以很致命的。

在經歷了種種危險之後，仍舊沾著的古芳芳、向東、龔娜、師文四人，對此清楚得很。

所以當有風吹來，所有人都在第一時間撲倒在地。無聲的風吹了過去，拂動草木，將四周的草叢吹得不停搖晃、壓低了腰桿。不過，這股風只是尋常的風而已，並不致命。

龔娜鬆了一口氣：「呼，虛驚一場。我還以為怪風又來了。」

向東也在揉腦袋：「跳得太猛，頭撞在地上一顆石頭上了。」

「活該。」龔娜率先站起身，揉了揉胳膊：「這次我們應該能走出去了吧。我感覺挺好的，和前幾次都不一樣。一公里的空白區這一次肯定能走出去。」

師文不置可否，他至今都還沒有弄明白一件事。兩個城鎮之間的空白區確實有一公里，為什麼在古代，會出現這種事？城鎮之間，不是應該連接著才對嗎？還有，空白區與他們前幾次為何總是走不出去之間，有什麼關聯嗎？

如果有的話，到底是什麼關聯？

他一邊想，一邊抬頭。突然，他發現周圍的環境有些不對勁兒。不，不只不對勁兒，四周還充斥著一股刺骨的涼意。剛剛被風吹過的草，有問題！

「小娜，小心！」猛然間，師文大喊一聲。

「白痴，有什麼好……小心。」龔娜本想嘲笑膽小的師文兩句，可接下來她的臉色連同話都凝固了。

剛才被風吹動的草，由遠至近，在墜落。片片墜落。草尖寸寸斷裂，離開了莖幹。隨之而來的，是吹去後，又返回的風。

這一次的風，如同一把鋒利的刀，帶著致命的死亡氣息。

「該死！」師文見龔娜仍舊在原地發呆，顯然是早嚇傻了。他什麼也顧不上了，猛撲上去。將龔娜迅速撲倒在地。

風吹了過去，割斷了兩人的頭髮。兩股主人不同的髮絲在風吹動中飛向遠方，被風不斷切割，化為飛絲碎屑，失蹤不見。

「得得得得，得救了。」龔娜滿嘴結巴，嘴緊緊的貼在地上，滿口的泥土腥臭：「謝謝。」

被道謝的人，瞪大了眼睛，斯文的表情不再。他罵道：「沒見過妳這麼白痴的傢伙。妳想死啊，明明感覺到有危險，居然不趴下去。」

「對，對不起嘛。」剽悍的龔娜被罵得不敢說什麼。

師文嘆了口氣，憐惜道：「算了，沒事就好。對了，妳有沒有聞到什麼怪味？」

「有怪味啊，這裡的泥土好臭。」龔娜回答。

「不對，不是泥土的味道。像是鐵，一股鐵鏽味。老是在我嘴裡……」師文一邊說一邊準備張開嘴。可是他剛將嘴巴露出一絲縫隙，一股溫熱的液體就流了出來。

血。是血。

「師文，你怎麼了。你怎麼流了那麼多血？」龔娜驚慌失措的扶住師文突然搖搖晃晃的身體。

血，大量的血從師文的嘴裡、鼻腔、眼睛中流出。他身上噴湧而出的血無所不在。

「該死，我還說妳咧。結果，卻是我沒逃脫。」師文臉上露出最後一絲苦笑：「小娜，見到我媽，替我好好照顧她。

「我，愛，妳。」

不合時宜的最後三個字，將早已經徘徊了許久的感情戳破。師文最終沒有逃過這一劫。他半個身體都被鋒利的風割斷，由於破壞的速度太快，以致這個感情遲鈍的人甚至都沒有察覺。

沒有人察覺。

龔娜懵了。自己喜歡的人、木訥的那個他。原本以為永遠都不可能等來的告白，在毫無驚喜的情況下出現了。但是等來的只是絕望和悲痛。心痛得厲害，一個人在最痛苦的時候，反而哭不出來，只是懵著。

她抱著師文，緊緊的抱著。就那麼抱著，懵著，靜靜的，呆呆的。

風在這一刻，都顯得死寂了。偌大的荒野，瀰漫著悲傷。

不遠處，古芳芳也倒了下去。她本以為自己躲避得很好，可惜躲得還不夠矮。致命的風似乎並不是直線的吹過來，而是呈著拋物線。她剛好躲在了風的拋物線的最低端。

運氣不好，也是一個人的命。

古芳芳根本來不及慘叫就無聲的死去了，萬幸死得沒有痛苦。她的身體被斜切著割成了橢圓形。

向東傻呆呆的看著古芳芳的屍體，臉色陰晴不定，不知道在想些什麼。過了許久，他才壓低聲音吐出了幾個字：「糟糕，沒想到一下死了兩個人。」

悲痛中的人，並不會封閉五官。反而感覺更敏銳了，龔娜聽到了向東的低語，再傻大姐的女性也能聽出這番話中帶著的陰陽怪氣：「向東，你什麼意思。什麼叫一下子死了兩個？」

「是騙局，對不對。你一直有事情瞞著我們。」悲傷的女人，似乎變得聰明了：「明明你可以自己離開的，卻非得要叫上我們。這段一公里的空白區，你是不是明明就知道，單靠你自己一個人根本無法走出去。」

向東搖著腦袋：「我真的不知道。」

「別否認了。」龔娜咬牙切齒的將視線轉到了向東手中緊緊拽著的那個黑色包裹：「那個黑色包裹裡藏著的，究竟是什麼？」

一提到黑色包裹，向東立刻慌張起來：「什麼都沒有！真的。」

「騙子！騙子！騙子！」龔娜因為師文的死，精神已經到了崩潰的邊緣。她惡狠狠的衝上去，一把拽住他手中的黑色包裹，強行搶了下來。

向東掙扎了幾下後，居然放開了手。

「裡邊是什麼，到底是什麼？」龔娜歇斯底里的喊著，將那東西黑色的外包裝扯掉。但看到內容物時，她整個人都愣住了。

居然只是一個古色古香的風鈴。上圓下方的青銅風鈴，在她顫抖的手中搖擺。風鈴看似很古老，皮膚觸及時，帶來了陣陣不該屬於金屬的冰涼觸感。

向東的臉色從驚慌失措轉為笑，他哈哈大笑了兩下：「雖然不完美，但是條件已經成熟了。我終於可以逃出該死的風嶺鎮了。」

「什麼意思？」龔娜被他的陰笑給笑得又一次懵了，她內心深處湧上一股不好的預感。

「我要出去找我爸了，再也不會回來。龔娜，如果我在外邊能找到妳媽媽的話，會替妳好好問候她的。」向東欣喜若狂：「所以，安心的去死吧。」

說完這番亂七八糟的話，向東再也不猶豫，拔腿就跑。沒緩過神來的龔娜很快就看不到這混帳的影子了。

山澗的風刮個不停，她手中的風鈴在風中開始發出清脆的聲響。那聲音猶如召喚厄運的信號，鋪天蓋地的風，致命的風，從遠處吹拂過來。

亂草再一次被切斷，紛飛四散。

絕望的龔娜沒有逃，她迎著陰風，就那麼走到了師文的屍體前。她撫摸著他的臉：「師文，我們從小青梅竹馬。我一直都欺負你，而你，也一直讓著我。我以為本可以一直這麼下去的。沒機會了，但是，沒關係。下輩子，再讓我繼續欺負你吧。」

她抬起頭，直視兇猛鋒利的陰風，睜大眼睛，想要看看那股風究竟怎麼將自己切割、殺掉：「如果人，真的有下輩子的話……」

風發出呼嘯，鋒利、陰冷。女孩閉上了眼睛，靜待死亡。

就在她死前的一瞬間，一雙手猛地拽住她向後拖去。清脆的風鈴響個不停，叮叮叮、咚咚咚。

不是一只風鈴，而是一串風鈴。

死亡的利風在風鈴聲中吹了過去，化為一股清風撲面。

自己沒有死掉？龔娜睜開了眼，看到了一張年輕女孩的臉……

以及一串，一整串，本應該在向東身上的怪異風鈴！

□

世界上有一本書，叫做《奧爾良謠言》。作者是愛德格．莫蘭，法國人。

在這本書中，學術界公認的首次使用了某個詞彙。這個詞彙，就叫做——都市傳說。所謂的都市傳說，大多都是無事實根據的流言，但是由於內含某種教育意義以及警示作用。所以極具有傳播性。

「妳知道嗎？『都市』傳說中的『都市』兩個字，並不是指城市或者都市的意思。而是指近代以來，由於人類城鎮化後產生的恐怖故事。」站在風嶺二中這所學校門口，我突然對元玥說了這麼一句沒頭沒尾的話。

元玥正緊張的注視著這所學校。自從風嶺中學在三年前關閉後，鎮上所有適齡的少年少女們，就只剩下一個選擇。轉入這所二中！

照例自我簡介一下。雖然這次的自我簡介，來得有些遲。

我叫夜不語，一個有著奇怪名字，老是會遭遇奇詭事件的憂鬱少年。二十二歲，未婚。本業是研習博物學的死大學生，實則經常曠課，替一家總部位於加拿大某個小城市，老闆叫楊俊飛的死大叔打工的偵探社社員。

這家偵探社以某種我到現在還不太清楚的宗旨和企業文化構成，四處收集著擁有超自然力量的物品。

為了救沉睡的守護女，我必須拿到一件物品。為了這件東西，這幾天，我深深陷入了恐怖的風嶺鎮事件當中，難以自拔。

三年來，風嶺鎮不可思議的事情，一直都在發生，從未斷過。這一點很令我費解。作為相關責任者的元玥，對她自己究竟是誰，也開始產生了懷疑。

長話短說，之所以我們會站在這所學校之前，還要從一件不久前發生的事說起。因為風嶺二中在幾天前，發生了極為奇怪的事件。瑩瑩委託我們查一查，說裡邊會有我以及元玥，很感興趣的東西。

「喔，所以那個叫愛德格．莫蘭的傢伙寫的書，和我們現在要處理的事情，有任何關聯嗎？」元玥問。

「或許有一點吧。」我聳了聳肩：「都市傳說通常都分為三種部分。第一種，恐怖流言的城市化。第二種，弱勢群體的悲慘遭遇和被害慘象。第三種，謠言的傳播。」

「舉個例子，每個城市，或許都有某某人在某家店的試衣間失蹤的傳說。每個城市，也有流言說某某在喝醉後醒來，發現自己正躺在酒店的浴缸裡，身體赤裸，泡在冰塊中。腦袋旁還有一張紙條，上邊寫著『馬上報警』。結果這傢伙才發現，自己的肚子已經被割開，腎不見了。」

我眯著眼睛：「其實都市傳說，永遠都是都市傳說，沒根據、胡編濫造。但偏偏又戳中了人類最恐懼的地方，所以這類故事會滿世界的傳播。」

之所以這麼說，我也是有我的道理。

「還有一個故事，大概只要是住過城市的人。無論是哪個國家哪個城市，對這個都市傳說都有所耳聞。」我整理了一下衣服，做著進入這所學校最後的準備。

風嶺鎮太可怕了，每一步，都需要極為小心。

元玥同樣在整理自己的黑色套裝，她的視線落在我身上，將心不在焉的我扯過來，替我將繫歪的領帶打好：「哪個恐怖都市傳說？我聽過？」

「妳肯定聽過。甚至，和這所學校那件事，也有關係。」我的眼神穿過她，飛入了風嶺二中的教學大樓裡。一排排的學生正正襟危坐，在課堂中學習著有用的和沒用的知識。這些天真活潑的孩子們，並不知道，散佈在風嶺鎮中的重重謊言，以及可怕的危機。

「不倒翁知道嗎？」我問。

「當然知道啊。」元玥點頭。

「那不倒翁的都市傳說，妳絕對也知道。」我輕聲說：「不知道從什麼時候流傳起來的。有一對中國夫婦到泰國旅遊，這對夫妻到國外很多地方去過，也會說泰國話。有一次，這兩個人到了泰國深山裡深度遊。結果逛到了一個小鎮上。

「沿著小鎮的山路，突然出現了一個指路牌。說路的盡頭有一家『不倒翁』博物館。夫妻倆很感興趣，就想要去博物館參觀。到了博物館，發現招牌上寫的，果然是泰文的『不倒翁』三個字。他們進了博物館後，大吃一驚。

「只見博物館中的不倒翁，跟人一模一樣。不，那就是人偶，活人做的人偶。人偶被活生生的砍斷了四肢，只剩下軀幹。身體裝在罈子中，就和不倒翁一模一樣。原來，這就是泰國的所謂不倒翁了。

「兩夫妻嚇得半死，他們忍住顫抖和想要拚命尖叫的衝動。這時，他們附近的一個不倒翁，突然抬起了頭。那只不倒翁眼睛已經被繩子縫合了起來。他吃力的張開嘴，用華語說：你們是中國人吧？快救救我。我是某某大學的學生，我叫某某某。如果你們不能救我，就請告訴我家人，我在這兒。我好痛苦！

「聽到不倒翁開口說話，周圍參觀博物館的人都圍攏了過來。冷眼看著他們以及那個被做成不倒翁的大學生。夫婦倆心臟都嚇得快停了。他們擔心自己是中國人的身分以及聽得懂不倒翁的話，被周圍人發現了，會給自己帶來災難。甚至，會被抓起來，做成不倒翁。

「夫婦倆不敢說華語，就用英語和泰語交流，在周圍人的戒備中離開了。等回國後，夫婦照著那個不倒翁說的話調查，發現那所大學確有其人，這位大學生在半年前去泰國遊玩時，失蹤了。」

聽完，元玥啊了一聲：「我果然聽過類似的故事。英國的這個故事和你講的很接近，只是受害者不是出去旅遊，而是在試衣店中失蹤後，家人在出國旅行時，在國外發現了她。受害者已經被關在畸形秀場中很久了。」

「這就是都市傳說。」我撇撇嘴：「這個故事每個國家都有不同的版本。」

說到這裡，我的聲音頓了頓：「妳覺得風嶺二中的那個版本，會有什麼不同呢？」

元玥愣了愣，最終搖了搖腦袋。

在這個危機四伏的地方，做每件事都需要理由。我們這次來二中，就是為了潛入學校，調查一樁典型的都市傳說事件。

當然，為什麼要調查這件事，還是需要從前些天說起！

風嶺二中，最近發生了一件十分怪異的事情。許多在操場上跑步的學生們，都莫名其妙的受傷了。

吳彤就是摔傷的其中之一。不如說，她是第一個受傷的人。

有人說，細節決定命運。年少時同樣高矮的夥伴，每個月可能只會比你高一公分，差距毫不起眼，可十年八年後，他或許就會長成巨人，而你卻形同侏儒。

吳彤和凱薇，就是這樣的兩個人。她們倆從幼稚園時就認識了。幼稚園時的兩個人，差距真的不大。一樣胖嘟嘟的、一樣白白嫩嫩，一樣可愛聰明。吳彤的性格開朗、傻大姐。凱薇很文靜。

但是從什麼時候開始，大家開始變得不同起來了呢？上高中後，吳彤仍舊是傻大姐性格。而凱薇，則出落得越來越漂亮。她們倆在性格上、樣貌上，以及成績上，差距也越來越大。

剛開始時，吳彤並不怎麼在意。直到高三時，兩人很狗血的暗戀上了同一個男生。而高中時的男生，總是目光短淺的。他們喜歡文靜、成績好、關鍵是漂亮的女孩。

完全沒有意外，自己暗戀的男生向凱薇表白了。吳彤在嘴上祝福著兩人，心裡，她又真的只是一個傻大姐嗎？

這恐怕，也只有吳彤自己才知道。

每個人的世界，都很複雜。經常在自己暗戀的人以及好友背後當約會電燈泡的吳彤，無論有多麼的大大咧咧，終究還是發現了自己和凱薇的差別與差距。無論是臉，還是身材。凱薇都比她優秀太多了。

某一天，在又一次充當電燈泡後的吳彤終於忍受不了鏡子裡微胖的自己，決定開始減肥健身。都說每個胖子都是一支潛力股。吳彤決定試一試自己這支潛力股的潛力，有多大。會不會在瘦身後，讓自己暗戀的男生，哪怕只是，只是多看自己一眼也好。

帶著這樣那樣的覺悟，吳彤堅持節食，並在每天下午放學後，都到學校的操場跑步。直到前些天下午，發生了那件意想不到的事情。

風嶺二中的操場，是標準的橢圓形四百公尺跑道。地面是暗紅色的 PU 材質，中間是簡陋的足球場。放學後，在跑道上鍛鍊的人並不多。只有足球場的兩隊高中生在揮灑著青春汗水。

太陽西斜，逐漸向著天際沉落。這一天，也和吳彤鍛鍊的每一天一樣，並沒有任何不同。她先是簡單的做了做運動操熱身，之後便開始跑步。剛跑了小半圈，異狀突發。

只聽到耳畔傳來一股風聲，說時遲那時快，一陣「嘩啦啦」的巨大聲響接連響起。之後吳彤整個人、整個身體都被掀上了天空。她驚恐得瞪大了眼睛，恐懼得看著離自己越來越遠的地面。她驚然發現，地面上的一整塊數十平方公尺的PU跑道，也隨著她一併飛上了天。

發生了什麼事？自己怎麼了？

吳彤的腦子很亂。

眼看著她飛上天的那些高中足球隊的二十多個隊員同樣目瞪口呆，之後便有許多人湧了過來試圖救她。

吳彤彷彿充滿氫氣的氣球一般，緩緩地和腳下的PU跑道一起往上飛。幸好飛起的速度很緩慢，而且離開地面也並不是太遠。大約，只有三公尺左右的距離。

過來救她的足球隊員們非常英勇，年輕氣盛、膽大無比的少年們沒有恐懼。他們搭起了人梯越過三公尺高的距離，拽住了吳彤的腳踝。

可是這些人的重量，並沒有將她拉下來。女孩反而將足球隊的英勇少年們一併帶入了天空。

有風！有風在周圍刮個不停。是風將自己，將所有人吹上天的！

吳彤突然意識到了自己身旁無處不在的風。她周圍的風像是有意識一般，使勁兒的想要將她吸入天際。

也許是足球隊的少年們的重量起了彌足珍貴的作用，也許是向上升的氣流後繼無力了。總之就在大家深入天空大約五公尺左右的位置時，向上的吸力猛然消失。所有人都像是倒豆子般從半空中掉了下來。吳彤和救她的少年們，全都受到不同程度的摔傷。

就是因為這件事，住在怪異古老建築中的神秘女孩瑩瑩，委託我和元玥來到風嶺鎮二中，查一查吳彤身上究竟發生了什麼。

為什麼風，要將她帶走。飛入天空？

第四章　恐怖課桌

有個學者說過一句話。他說，中國根本就不存在那種淳樸、美好的傳統鄉村，從來沒有過；我們的史學家、文學家們頂多也只寫到富豪鄉紳這個階級，巨大的貧苦被掩蓋了。

早就忘記了那個學者的名字，但是這句話，我始終還記得。

來風嶺鎮已經許多天了，期間也確實遇到了大量無法解釋的神秘事件。每一件，都跟「風」，這種大自然的普通現象有關。可是神秘事件並沒有令我害怕，讓我恐慌的，是風嶺鎮的人心，已經崩壞的人性。

在這個封閉的小鎮中，暗流湧動。大家冷漠著、戒備著、欺騙別人也欺瞞自己。誰都不清楚，暗流會在什麼時候，集中爆發。來風嶺鎮做生意的外人，也通常能感受到小鎮裡刺骨的陰寒。他們總是匆匆來匆匆走，絕不過夜。

所以我和元玥，更顯得像是異類。特別是我們申請進入風嶺二中應徵英語老師和語文老師。

二中的教師極度缺乏，所以我們拿著簡歷來到校長室。校長只是意味深長的看了我和元玥的簡歷幾眼，就在入職證上蓋了章。甚至沒有問我們有沒有教師資格。

這令我和元玥稍微有些驚訝。

二中的校長大約五十多歲，滿頭白髮，顯然最近幾年操勞過度。他臉上的皺紋縱橫交錯，哪怕只是低頭，都能看到歲月鬼斧神工下殘留的刻痕。他的話不多，也幾乎不笑。

「我找一個老師帶你們熟悉地方，我們學校有員工宿舍，你們要沒地方住的話可以搬進去。」校長長相沒什麼特色，但是聲音裡滿是疲憊，他對我們擺擺手：「今天下午就開始上課，可以吧？」

「沒問題。」我和元玥同時點頭。

老校長不知為何鬆了口氣，撥通電話：「老張，你過來一下。」

叫老張的老師很快就推門進來了。這個所謂的老張，竟然一點都不老。是個只有二十來歲的男性，同樣繃著一張臉：「校長您叫我？」

「老張是歷史老師，我們學校除了你們外最年輕的。你們三個都是年輕人，沒事多交流一下。」老校長再次擺手示意我們出去：「老張，你帶兩個新來的老師介紹一下。他們教整個高二高三的語文和英語。」

老張將我們帶出校長室，緊繃的臉立刻鬆了起來，拍拍胸口：「老校長黑著臉的模樣好可怕。兩位，你叫夜不語吧？還有這位美女老師，妳叫元玥？好美的名字，和妳人一樣美。你們倆是情侶嗎？有點不像！美女，妳有沒有男朋友，妳看我怎麼樣？

我真名叫張絡，未婚喔。」

這老張一出門，話就像暴雨般落個不停，連帶嘴裡的口水沫子飛濺了好幾平方公尺的空間。元玥皺了皺眉，下意識的退了好幾步。

張絡尷尬的撓了撓頭：「抱歉抱歉，二中的教師全都是老古板，我終於見到幾個年輕人了，這不老激動來著。」

我啞然失笑，這個年輕老師的傻氣，實在迎面而來，擋都擋不住。

「張絡老師，老校長要我們教高二和高三。到底一共是幾個班啊？」一邊走，我一邊問。

張絡熱情的回答：「一共六個班。高二三個班，高三也是三個班。每個班三十個小屁孩。你們要教一百八十多人。」

元玥面無表情：「這麼多人，我們教得來嗎？」

「沒問題的，這裡的孩子都很自強不息。很聽話。」張絡回答元玥的問題更加的熱情：「元美女，妳的聲音比妳的人更漂亮喔。有什麼事情隨便問我，這是我的手機號碼。我張絡，未婚喔！」

元玥頓時又皺起了眉，一臉受不了的表情。

張絡笑嘻嘻的，帶著我們參觀了學校的基本設施以及宿舍。我也大概瞭解了風嶺二中的組成。現在二中囊括了初中部和高中部，大約有五百多個學生。這在風嶺鎮現有兩千多的常住人口中，佔超過了四分之一。

二中有兩棟教學樓，每棟樓高六層。靠近大門的屬於初中部，靠近操場的是高中部。由於種種原因，許多學生不在了，所以大量的教室都空著。學校的師資果然不足。全校僅有十名老師，原本的管理職也全都沒了，所有職員都去教課了。

包括校長。

「苦老頭，別看他一臉苦哈哈的，他上的課很生動活潑。許多學生都愛聽。」張絡嘴裡的苦老頭，指的就是校長：「對了，你們住宿舍嗎？」

我和元玥對視一眼，點頭：「必須要住啊。」

「太好了。員工宿舍就在操場最裡邊。有鐵絲網圍著。」張絡臉都笑出了花：「我帶你們去登記。員工宿舍的條件可好了。」

他替我們登記了二樓的兩間宿舍後，又帶著我和元玥到處溜達了一圈。直到中午，才去了食堂。

「對了，忘了問了。你們倆不是風嶺鎮本地人，對吧？」張絡突然問。

我搖頭：「不是。」

元玥的臉糾結了一團，顯然是觸動了心事。她不認為自己是風嶺鎮本地人，可是最近發生的種種跡象表明，原本自己認為的自己，彷彿是一個大謊言。她的家族、她的一切，甚至是她自己，都被謊言蒙蔽。她，根本就不知道她，到底是誰！

「我也不是。」

最終，女孩還是搖了頭。

「那就好。」張絡猛然間神色一變，嬉皮笑臉變得陰沉嚴肅，甚至連說話的聲音都壓低了：「最好不要吃食堂裡的豬肉。鴨肉可以吃，魚肉也沒問題。蔬菜中，番茄可以吃，馬鈴薯也不要吃。米飯倒是沒問題。」

「為什麼？」我有些詫異。

「我也不知道為什麼，我也不是本地人，這是本地老師告訴我的。」張絡神色緊張，顯然是有過某種刺骨銘心的糟糕經歷。

元玥皺眉：「你說清楚一點，到底是為什麼？」

張絡不想多講：「總之不要吃就是了。別問太多。我也不太清楚。而且這些事情，也不要在公開場合討論。你們來風嶺鎮許多天了，對吧？不覺得這裡有些怪？」

「不太覺得。」我搖頭裝傻。

「你還真有夠遲鈍。」張絡乾笑了兩聲：「好了，說些輕鬆點的。」

他點了些飯菜跟我們找了空位，岔開話題吃吃喝喝起來。跟這個傻大個說話頗為輕鬆，張絡明顯對漂亮的元玥有好感，元玥問什麼，他都知無不談。時間過得很快，下午兩點，我來風嶺二中的第一堂課，開始了。

校長安排我教語文。第一堂課在高三二班。一進教室，我就感受到了張絡口中，所謂的自強不息、很聽話的學生，究竟是什麼意思。

三十個學生在偌大的教室裡，各玩各的，哪怕老師走進來也沒有停下手裡的事情。有人看書、有人聽音樂、有人玩遊戲，還有人湊在一堆聊八卦。

我咳嗽了一聲，學生們只抬頭看了我一眼。

「新老師很帥。」有幾個女生對我做了簡短的評價後，又低著腦袋玩自己的了。

我聳了聳肩膀，也樂得輕鬆。拿起教材開始自顧自的講起了課。講臺上我講我的，完全沒有人有快要參加高考，是準應屆畢業生的覺悟。課堂下學生們玩他們自己的。其樂融融，和諧得很。

直到一聲尖叫，將和諧的課堂如一張單薄的紙般，猛地撕破。

發出尖叫的是一個坐在教室中央的女孩。漂亮的女孩不知看到了什麼，瘋了般先後跳了好幾步，整個人都從凳子上摔到了地上。她的臉色慘白，顯然嚇得不輕。

附近的同學連忙扶著她：「凱薇，妳怎麼了？」

「我的桌子裡有東西。」叫凱薇的女孩語氣哆嗦，恐懼蔓延了全身。她究竟在桌子裡看到了什麼，居然能將她嚇成這樣。

課桌不過是普通課桌，木頭桌面，漆成灰色的金屬桌架。桌面下方有能放書本的格子。凱薇害怕的，就是那開放的空間。

最令我無法理解的是，當她一提到「桌子裡有東西」，全班三十個人全沸騰了。

有膽小的女孩尖叫著朝教室的角落湧去，也有膽大的男生從教室後方的櫃子裡抽出掃帚、拖把，將尖的一端對準那張課桌，如臨大敵。

亂成一團的教室彷彿沸水中蒸煮的米粒，每個人都在驚慌失措。無形的壓抑在所有人的沉默以及緊張中，顯得更加的陰冷可怕。

我用黑板擦用力敲了敲講桌：「到底發生了什麼事，有沒有同學可以幫老師解釋一下？」

沒人回答我。所有人的視線全都用力的集中在凱薇的桌子上。準確的說，是凱薇桌子的抽屜。彷彿那一塊黑暗的空間裡，隨時會爬出致命的怪物。

我被他們的死寂和緊張傳染了，也緊張的嚥下一口唾液。緩緩地走下講臺，朝那張被眾人注視的課桌走去。

無論怎麼看，那都只是極為普通的課桌罷了。桌子上擺著一些課外書，桌面下安安靜靜、如同死掉般，瀰漫著怪異的氣氛。三十個學生，男生圍著桌子保護著女生。大家都小心翼翼的和桌子隔著好幾公尺的距離，就彷彿那幾公尺的距離，便是生死線。

桌子一動也沒動。

我花了好幾分鐘，才來到桌子前。凱薇課桌抽屜背著光，黑漆漆的。實在看不出來，裡邊到底有什麼。

強自撐起膽子，我越過了男生們的隔離線。

「老師小心。」有一個男生提醒我：「那東西，很，很危險。」

從他的話中自己得到了幾條線索。抽屜裡的東西並不是第一次出現。至於究竟是什麼，學生們也同樣不清楚，或者說從來沒有看清過，所以只能用「那東西」來稱呼。最後一點，那東西，似乎有攻擊性。

一個只能容納數十本書的抽屜裡，能承載多大的生物？如果是一般的寵物或野生動物的話，攻擊性有限，也不會讓學生們如此恐慌。

怪了，課桌裡真有東西？如果真有，究竟是什麼？

我被他們的緊張感染得有些神經過敏，但自己終究還是沒有理會男生的警告，和凱薇的課桌越靠越近。小心的蹲下身子，我將眼睛湊到抽屜前查看。

黑漆漆的抽屜中放著幾本書。書後邊似乎還有些空間，但是非常的小，連一隻小老鼠也容納不下。我什麼都沒有看到。

自己皺了皺眉，正準備抬頭起身。突然背後一個男生大喊了一聲「哇」！之後便是哄堂大笑。

我轉過腦袋，沒什麼反應的看了嚇我的男生一眼。或許是因為我眼神裡的凌厲，滿堂的笑聲被掐死，戛然而止。

背後高大的男生長相有些小帥氣，嚇我的是他，剛剛提醒我的也是他。他見我面無表情，也沒有被突如其來的「哇」聲嚇到，顯得非常的氣餒。

「老師，你的反射弧太長了。是不是現在還沒有反應過來？」他撓了撓頭，問我：「你不會一丁點都沒有被我們嚇到吧？」

我雙手抱胸，苦笑不已：「剛才的是惡作劇？這惡作劇一點都不好玩。」

全班學生都氣憤起來：「老師你才不好玩，以前所有新來的老師被這種惡作劇，都會嚇得屁滾尿流的癱在地上呢。」

我哭笑不得，自己實在是見慣可怕的東西。這類幼稚的玩笑怎麼可能嚇得到我：「沒有被嚇到，還真是抱歉呢。你是班長嗎？」

我指著嚇我的男生問。

男生點頭：「我叫戴立。這是我馬子凱薇，她的演技很好吧？」

哇勒，現在高三生已經這麼開放了，可以當著自己老師稱呼同班女生為「馬子」了？現代年輕人的想法，還真是難以理解。他們和我只是相差幾歲而已，怎麼感覺自己已經成為了老古板的代名詞。

「你女朋友的演技確實很好，現在都還沒從自己的表演中回過神呢。」我撇撇嘴，看向凱薇。這個叫做凱薇的女孩大約一百六十公分，長相甜美漂亮。一身翠綠色的厚裙子將她的身材勾勒得很出色，配著精緻的五官。稱得上是個小美女。只是凱薇的表情不太對。

她仍舊恐懼著，被身旁的另一個女孩扶著。她的雙眼，依然死死的盯著自己的課桌抽屜看。彷彿視線，已經沾著在了抽屜上。

戴立拍了拍自己女友的背：「小薇，妳在看什麼？別演了，我們都搞砸了。」

凱薇似乎沒有聽到男友的聲音。她的恐懼沒有停歇、她的視線絲毫沒法移動。她的臉，甚至因為害怕而扭曲了起來。

「小薇，都說了演砸了。新來的老師根本不怕。喂，我說喂，妳在幹嘛啊？」戴立不滿的用力搖晃了凱薇幾下。

凱薇這才像回過神來，她全身癱軟，大聲尖叫道：「阿立，我的抽屜裡有東西！」

「喂，妳演得很好，我知道了。可是老師根本不怕啊。」戴立捂著額頭嘆氣。

凱薇搖頭，用力搖頭，拚命的搖頭：「我沒有演戲。我的抽屜裡，有東西。真的有東西！我看到了！」

「什麼意思？」周圍沒人聽懂她的話。

詭異的氣氛，再一次瀰漫在整間教室。她的話令所有人陷入了再次的沉默裡。就在這時，自己已經確認過的，只有幾本書，沒有別的什麼東西的，凱薇的桌子。突然響了起來。

是撞擊聲，有什麼東西從裡邊朝外邊撞的撞擊聲。

撞擊聲從小變大，之後從間歇變得瘋狂。整張桌子，都在撞擊聲中，變得歇斯底里的抖個不停！

全班人，都被嚇到了！所有人的視線，都不約而同的凝固在如瘋了般顫抖不停的課桌上。

該死！課桌裡，到底有什麼。分明我剛剛什麼都沒有發現！

課桌在發抖，被來自內部的撞擊撞得不停跳躍。明明桌子的抽屜只是半封閉的，可裡邊的東西卻偏偏逃不出來。

還是說，它根本沒打算出來？

三十個人同時打了個冷顫。在刺耳的撞擊聲中，每個人的神經都變得敏感了。聲音來得快，消失得也快。響聲在最後一次巨大的撞擊中，沉寂了下去。

我注視著桌子，一動也沒有動。學生們也全都沒有敢動彈。我轉頭看了戴立一眼，這位班長連忙搖頭：「這次真不是我安排的！」

「別說話。」凱薇突然尖叫一聲，拚命捂住戴立的嘴：「千萬別出聲！」

戴立一愣：「為什麼？」

「趴下！」凱薇以難以想像的速度將戴立拉倒在地，自己也趴了下去。

說時遲那時快，一道難聽的金屬碰撞聲響起。猶如劃開音障的超音速飛機似的，發出刺耳的破空聲。聲音從凱薇兩人的腦袋上飛過，直接撞上了背後的一位女孩。之後那聲音又彈回了課桌中。

速度太快，我根本來不及看清楚飛出來的到底是什麼。

被擊中的女孩也同樣沒反應過來，她疑惑的看了看四周，接著光滑的眉心中露出了一絲血色。下一秒，女孩整個人都癱軟在地。額頭上的血流滿了地板。

我俯下身體摸了摸她的頸部動脈後，震驚的搖了搖腦袋。女生已經沒了氣息，死了。太怪了，是什麼殺死她的？

難道真的就是凱薇課桌裡的東西？

「小鳳死了。老師，小鳳是不是死了？」

明眼人都能看懂從女孩額頭上流出的大量血跡代表的意思。死去女孩身旁的好友忍不住尖叫著問。

在她的聲音剛從口腔中傳播出去，又是一道刺耳的音爆響起。這個女孩的聲音也戛然而止，滑落在地。仍舊是額頭，仍舊一擊致命。仍舊看不出到底是什麼殺了她。

「大家不要出聲！」我在喊叫前就趴倒在地，之後在地上迅速的翻滾了數次。果不其然，從凱薇的課桌抽屜裡以迅雷不及掩耳的速度飛出了某種東西打在了我險之又險躲開的原地。地面被撞出一個大坑，灰塵瀰漫。

我跟死神擦肩而過，只差幾公分。

那玩意兒，是靠聲音觸發的。而且絕對不是什麼生命體。它有槍砲一樣的速度和堅硬的外殼。地面都能撞出拳頭大的坑洞，可想而知人類被撞到了，哪有可能倖免。

但我想不通，到底是什麼在攻擊教室裡的人。那東西，是什麼時候被放入課桌的？

還是說，它一直都在課桌中。只是由於達到了某種條件，才被觸發了。無論如何，從凱薇的反應上看，她一定知道某些內情。

我眼睛轉動了幾下，趴在地上不停的觀察周圍的環境。教室的地面環境複雜，擺放著大量的課桌和椅子。但這些脆弱的課桌椅顯然無法當作抵擋物。那麼，當務之急還是先搞清楚桌子裡攻擊我們的到底是啥，才能找到對策。

在兩個學生死掉後，整間教室中，所有學生都被嚇壞了。他們保持著最後的姿勢，咬牙堅持，不敢有絲毫動彈。生怕發出聲音後被不明物體攻擊。

我同樣對此有猶豫，片刻之後，自己才咬牙以極為緩慢的速度掏出紙和筆。以儘量遠的距離寫了一筆後，立刻縮回了手。

死寂的沉默在蔓延，凱薇的詭異抽屜並沒有發出致命的破空聲。

很好！我心裡一鬆。看來觸發死亡攻擊的聲音需要達到一定的分貝，而寫字的音量並不會。

我稍微放心的在記事本上寫了幾個字，抬起來給凱薇看：「凱薇同學，把妳知道的說出來。」

凱薇的視線在本子上停留了片刻，之後搖頭，嘴唇張合了幾下，示意自己什麼都不清楚。

「妳撒謊。」我臉色沉了下來，繼續寫道：「隱瞞沒有任何意義。難道妳希望全教室的人一起死嗎？妳希望妳的朋友，妳喜歡的人都死在妳面前嗎？」

凱薇仍舊搖頭，眼淚順著眼睛不停的流。顯然早已驚慌失措。

戴立狠狠瞪了我一眼，揚了揚拳頭。示意我不要再逼他馬子，否則要給我好看。但是我們之間的無聲交流，早已被所有人看到。沒有誰願意死，更不願意替別人死。

身後幾個男生女生學著我的模樣掏出本子寫字，紛紛逼凱薇說出真相。

「凱薇，想要殺我們的到底是什麼。妳真的知道？」有個女生憤怒的盯著她。

另一個女生也極為憤恨：「剛剛死的是我的朋友。我才不要死，為什麼明明妳才是問題的源頭。死的卻不是妳！」

每個人都在用紙筆表達著自己的恐懼、害怕和憤怒。人類從來都是這樣的生物，在災難來臨之際，每個人都想成為跑得最快的那個人。如果跑不快，那麼就讓罪魁禍首跑在最後。至少也要在道德的制高點上，將她打入地獄。

凱薇更加慌張了，無聲的哭泣在大家的逼迫中越來越厲害。她的男友戴立想要破口大罵，但是偏偏什麼聲音也不敢發出。

無聲的僵持在繼續著，每個人都在等待某個爆發點。教室明亮的窗戶外，陽光很烈、樹影在微風中擺動。外界漂亮得不可方物，但這看似寧靜的偌大教室中。卻是一個死亡之地。

血腥的死亡，隨時可能降臨在每個學生的額頭上。挖掘不出攻擊體的真相，就沒

人能夠逃離。

普通的課堂，就是絕望的死地。

最終，一個男生心一橫，寫出的文字給了凱薇最後一擊：「凱薇，其實我挺喜歡妳的，一直暗戀妳。哪怕妳已經有了男友。但是今天我才知道，我更愛我的命。我不能死，因為我爸不知所蹤，我跟我媽相依為命。我就是我媽的命。求求妳，把真相說出來。」

凱薇仍舊在搖頭，不知為何。她就是什麼也不肯說。

那個男生臉上滿是陰鬱，冷冷的一笑，繼續寫道：「我是家裡唯一的男人，我死了，我媽也不想活了。誰要我的命，就是要我媽的命。誰要我媽的命，我就要他的命。凱薇，是妳逼我的！」

寫完這串話，男生將手裡的筆用力一扔。那支金屬鋼筆看起來不重，在他高高扔起後，重重的撞擊在戴立附近的地面上。

熟悉的致命破空聲響起，在那鋼筆落地的位置狠狠撞出了一個大坑。水泥地板上無數的破裂碎塊飛濺，落了戴立和凱薇一身。

兩個人都嚇了一大跳，顫抖不已。只差半隻手的距離，戴立就要命喪黃泉了。

男生再次冷冷一笑，緩緩從身上又掏出幾支鋼筆，用其中一支寫道：「筆，我多的是。下一次我肯定能扔準。」

凱薇看了戴立一眼，女孩的眼神裡滿是對男友的關心。

戴立憤恨的盯著那個男生，但面貌普通的男生回瞪著他。兩人的視線在空中爆發出看不見的火光。凱薇抹了抹眼淚，找了筆和紙寫道：「別逼我了。我說就是了。吳彤，不要怪我！」

吳彤？我和元玥混入風嶺二中，就是被一個叫做瑩瑩的神秘女孩差使來尋找吳彤為什麼會被風帶入空中的秘密。沒想到還沒來得及查，就從如此危機的情況下，從凱薇的話中聽見了吳彤的名字。

難道現在這陷入可怕境地的景況，也和吳彤有關？

凱薇提著筆，想了想，一行一行的將事情原原本本的在記事本上寫了出來。每個人的心中，都有一個哈姆雷特。

吳彤和凱薇，同樣有。只是凱薇的哈姆雷特向她告白了。而吳彤的哈姆雷特，並沒有到來。為了迎接自己的哈姆雷特，吳彤選擇了一個極端而又非常懶散的方法。

求神！

第五章　風之神

每個人都有惰性。每個人都經常有和自己的拖延症不停戰鬥的時刻。但是，不是所有人都能戰勝自己的拖延症。事實上，最終拖延症贏的次數更多。

吳彤和凱薇是從幼稚園就很要好的朋友。我當初混進風嶺二中時，就調查過吳彤的事情。不如說，是去醫院特意拜訪過她。聽她親口說了那段被一股怪異的風連人帶PU跑道刮到了空中的可怕事情。

也親口聽她說，她自己為了減肥，為了贏得自己喜歡的人多看自己一眼而付出的努力。可是在凱薇的敘述中，吳彤卻變成了另一副嘴臉和模樣。

吳彤很懶惰。大多數時間都在抱怨自己的身材，卻從不願減肥。高三時，只有一百五十五公分高的她，居然重達一百五十五斤（約七十八公斤）。班上有人給她取了綽號叫做雙五五。

矮胖的女孩無論在同學、還是老師眼中，其實都是不討人喜歡的。特別是這個女孩不勤奮，成績也不好。

襯托著青梅竹馬的漂亮好閨蜜凱薇，吳彤越來越自卑。可吳彤的自卑最後的爆發形式，是任拖延症將她自己拖入地獄。更加的懶惰，更加的不知上進。

直到不久前，吳彤突然偷偷摸摸的從課桌抽屜裡掏出了一個用黑色油布包得嚴嚴實實的包裹，給凱薇看。

「這是什麼？」認真上課的凱薇心不在焉的瞄了一眼。

「小薇，我不是跟妳說過嗎。每一個胖子都是潛力股。我就要減肥成功了。」吳彤認真的道。

凱薇眨巴了下眼睛，看著吳彤完全沒有瘦的身體：「妳在減肥？」

「真的。」吳彤神秘兮兮的說：「只要我有這個包裹，就會減肥成功。」

「包裹裡是什麼？地攤上買的減肥藥，小彤，妳不會是上當受騙了吧。」凱薇自然不信。

吳彤哼了哼：「不是減肥藥。這可比減肥藥更厲害。我是從風之神那裡求來的。」

「風之神？啥東西？」凱薇覺得腦袋一時間轉不過來。這個名詞她可從來沒聽說過。

「風之神最近可紅了。據說求什麼都會靈驗。」吳彤一臉鄙夷：「妳居然不知道。」

「所以妳去求神減肥？」凱薇嘆了口氣：「沒用的。減肥還是必須踏踏實實的節食和運動。」

「我知道我知道，可是節食和運動太折磨人了。我喜歡有效點的方法。」吳彤說。

凱薇抹了抹腦袋上莫須有的黑線：「求神可不是什麼有效的辦法。」

「這個妳就不用管了。我都求來了。所以，那個凱薇，我們是不是最好最好的朋友？」吳彤說到這兒，話語有些支支吾吾：「我想求妳一件事。」

「咱倆什麼關係，什麼事？」凱薇見她挺認真的，不由得也認真了起來。

「這個包裹，妳收起來隨身替我拿著。」吳彤哀求道：「風之神說，只有找自己最好、而且身體苗條的朋友。我才能瘦得下來。」

凱薇愣了愣：「好具體的要求。」

「求妳了。」吳彤雙手合十。

女孩看著她手中那不大的、黑漆漆的包裹，不覺得有什麼不妥。便答應了。

「還有一件事。」吳彤見好友收下了包裹，臉色又一次嚴肅起來：「答應我。千萬，千萬不要打開包裹，偷看裡邊的東西！」

見閨蜜詭異的認真，老好人凱薇還是點了頭。

從那天起，奇蹟真的出現了。吳彤真的開始消瘦下去。瘦的速度難以置信。一個人開始擁有姣好的體型後，就會變得自信。自信帶來的結果便是拚命想要維繫體型。所以本來懶惰的吳彤，在瘦下去後也逐漸勤奮起來。開始了以前不願的節食和運動，希望不斷良性循環。

而自從接過黑色包裹，凱薇開始不停地做噩夢。每晚，她都夢見同樣的事情。在夢中她變得越來越肥，越來越醜。所有人都不願意和她對視，沒有人和她做朋友。甚至就連自己的男友戴立，都用嫌棄的眼神看她。每次從夢中醒來，那孤獨寂寞刺痛靈魂的感覺，都會讓凱薇冷汗涔涔。

人類的想像力是無限的，而創造了人類文明的聯想力，也是無限的。關於自己毫無理由的夢，還有吳彤毫無理由的瘦身速度，最終被凱薇聯想在了一起。

她塞給自己的包裹，那個黑色包裹。有問題！

再一次從可怕的噩夢中驚醒過來，她坐在床上，再也忍不住了。黑色包裹裡藏著什麼東西？這東西是不是真的擁有某種超自然的力量？那股力量將吳彤的肥胖以某種詛咒的形式，用夢的方式傳遞給了自己。或許等吳彤真的和自己一樣瘦、一樣苗條的時候，自己作為等價交換，會全盤接受吳彤的脂肪肥肉？

她沒法不這麼想。因為最近不論是吳彤突然的瘦下去，還是那每晚必來的噩夢，都令凱薇心驚膽寒。她甚至覺得，只要她每次做過那個爆肥的噩夢。第二天吳彤來學校，就會瘦一圈。

肯定絕對有問題。吳彤塞給她的，必須要她帶在身旁的包裹。裡邊到底有什麼？當晚的凌晨三點，凱薇實在睡不著了。她本想打開，可是當從書包裡取出包裹，眼睛接觸到那黑漆漆的顏色後，又有了些許的猶豫。

不太重的包裹，如果用力搖的話，似乎能聽到些許金屬碰撞的清脆聲音。裡邊應該是有金屬物體。凱薇又驚恐又好奇，她想要打開，但在取出剪刀準備割開包裹的最後一刻。手，垂了下來。

她想起了吳彤的話——

「小薇，答應我。千萬千萬，不要打開包裹，偷看裡邊的東西。」

現在想來，那不像是要求，更像是一種警告。

凱薇想到這句話後，突然失去了所有的勇氣。她嘆了口氣將包裹放回了書包裡，輾轉反側，一整晚都沒有睡好。

第二天上完課，下午放學後她值日。吳彤又去操場跑步了。凱薇一邊用掃帚掃地，一邊透過窗戶看著操場上跑得不亦樂乎的好友。她不停地想，該怎麼將包裹送回給她。或者問問，這個包裹裡裝的到底是什麼玩意兒。

但是，這怎麼好開口！

不過同樣值日的另一個女孩的一句話，讓凱薇的世界崩塌了。

「凱薇，最近妳變得有些肉肉的。家裡的飯很好吃嗎？」女生無心的問道。

凱薇手裡的掃帚「啪」的一聲落在了地上。她瘋了似的跑回自己的座位，將黑色包裹從書包裡拿出來。女孩三兩下就把外包裝扯開。

當看清裡邊的東西時，女孩愣了愣。只是一個古色古香的風鈴罷了。上邊是鐘形，下邊是八角形。她的手一動，隨著晃動，風鈴發出了「叮叮噹噹」的悅耳聲響。

凱薇腦袋暈乎乎的，只不過是風鈴。難道是自己想多了？就在這時，操場上傳來了一陣慌亂的喧囂聲。女孩連忙將風鈴塞進抽屜裡，撲到窗前。

之後看到了一件極為恐怖的事情……

「妳說妳看到一股恐怖的風將吳彤以及救她的足球隊員連帶著一大塊 PU 跑道，都刮上了天空？」我提問。

凱薇點了點頭，寫道：「正是因為我不守承諾，打開了包裹。所以吳彤才遇到了危險，被風之神懲罰了。」

「所以，攻擊我們的本體，是妳前些天隨意塞進抽屜的那個，風鈴？」我很是震驚。

一個金屬風鈴而已，怎麼會猛然變成兇器，並以聲音為觸發媒介，攻擊全教室所有人呢？這讓自己完全沒辦法想通。

還有一點，我同樣想不通：「妳怎麼確定，攻擊我們的是一只風鈴？還有，妳為什麼不肯說出來，哪怕現在已經夠糟糕了？」

凱薇的手一抖，在本子上寫道：「是小彤告訴我的。她腿摔斷，住進了醫院。當天晚上就打電話問我，是不是將包裹打開了。」

「我說是。」

「小彤嚇了一大跳。她說我們倆死定了。風之神會詛咒我們。那個包裹裡的風鈴，會要了我們的命。除非，我們補救。」

我皺了皺眉頭：「有辦法補救？」

「嗯。小彤說有。她要我將風鈴包好，送到周口公寓十四樓4號去。風之神就住在那兒。她要我去請求風之神的原諒。最後還一再提醒我，要我千萬千萬不要把這件事告訴別人。否則我們會死得更慘。」凱薇越抖越厲害，顯然一再的打破禁忌，令她怕到了極點。

她的男友戴立撇撇嘴，搶過本子寫起來：「小薇，妳被吳彤騙了。按照她的說法，那所謂的風之神居然還有固定的住所。周口公寓是風嶺鎮的貧民窟啊，神住在貧民區裡。簡直太不可思議了。」

「那她給我的風鈴怎麼解釋。都殺兩個人了！」凱薇面無血色。

沒錯，一個風鈴竟然能透過聲音殺人。確實太過超自然了。給吳彤風鈴的那個自稱風之神的傢伙，絕對不是什麼善類。他是什麼身分？是男是女？會不會是某種邪教組織？

我的腦袋不停地運轉著，一邊抽絲剝繭分析從凱薇身上擠出來的資訊，一邊思索著怎麼打破現在的死局。

高壓的恐怖氛圍，將教室壓抑得極為陰冷。每個人的承受能力都是有極限的，在一片死寂的沉默中，終於有人受不了了，精神開始崩潰。

「我不要死，我不要死。嗚嗚。」在我不遠處的一個女生哭鬧著拔腿就跑，什麼也不顧了。可是她剛一抬腿，就在撕裂的可怕嘯聲中跌倒。生命戛然而止。

而在她起身的一瞬間，女孩附近一個看起來非常機靈的男生也毫不遲疑的跑了起來。他只比女孩多跑了幾步，生命也同樣終止在了離門咫尺之遙的位置。

又死了兩個學生。

我瞇著眼睛，在兩個人的死亡中，看到了一絲規則。凱薇課桌中那看不見的殺人風鈴，在每一次觸發後，不知為何，都會先回到抽屜裡去。而且，它殺人是有先後順序的。按照觸發聲響的次序來攻擊。

自己心裡稍微有了些底。再來就是，試一試觸發範圍。如果範圍很大的話，哪怕是逃得再遠也沒有用。

殺人風鈴的攻擊範圍，到底會有多遠？

我悄無聲息的摸了摸身上的物件，將可以發出足夠大聲音的東西擺放在隨手可及的地面。自己先將一把鑰匙，扔到了幾公尺外的講臺上。

鑰匙在空中劃過拋物線，砸在了講桌上。說時遲那時快，呼嘯聲響起。講桌被砸出了一個圓形的洞。拳頭大小的洞，赫然是個圓柱形加方形的形狀。難道那真的是凱薇口中的八角風鈴？

再來，就試試教室之外吧。

我又拿起一把鑰匙，儘量輕手輕腳的扔了出去。離自己幾公尺外就是靠近走廊的窗戶。其中有一扇窗並沒有關閉。鑰匙堪堪從窗臺上飛躍，險之又險的飛了出去，掉在了教室之外的走廊上。接連幾聲清脆的碰撞響起，顯然是鑰匙在地面上反彈了好幾次。

但是這一次，殺人風鈴並沒有被觸發。走廊是安全的，不在它的攻擊範圍。

自己心裡一喜，為了確定，又實驗了兩次。結果自己無論從教室裡朝走廊扔什麼，發出多大的聲音。凱薇抽屜裡的殺人風鈴都一動不動、聞而不聞。果然，風鈴的攻擊區域，僅僅只是教室內而已。

這還真是有夠奇怪的。

確定範圍後，我內心篤定了許多。扯過本子寫道：「繼續保持沉默，想要活命的話，就相信老師我。所有人，注意是所有人。手裡緊握可以發出足夠聲音的堅硬物品。然後以每秒鐘兩個的次序扔出去。當最後一個人扔完後，所有人全部朝教室外跑。」

自己寫完後，將這番話舉起來，保證所有人都看到了。

不信任和遲疑表現在大部分人的臉上。

「相信各位同學都看到我剛剛做的試驗了。風鈴會順序攻擊發出聲響的物體，班上還剩二十六個同學，加上我，二十七人。每秒扔兩個物品，花費時間十三秒。而殺人風鈴每次攻擊，一來一回，大約是一秒左右。將二十七個物品全部擊碎的時間，會用去二十七秒以上。我們還剩十三秒逃跑。」我一個字一個字的寫著：「從這裡跑出教室，十三秒足夠了。」

自己的一番解釋，讓絕望的學生們稍微相信了些。但是取得所有人的信任，對一個空降來不到一個小時的我而言，確實很困難。

「我會第一個先起身跑。大家，請務必一定要跟上我。」我寫好後，展示給所有人看：「五秒後，我第一個扔東西。為了避免大家不知道順序，就以我為中心。從離我最近的人開始依次扔。」

五！

我將記事本放到地上。

四！

我找了一把比較重的鑰匙。

三！

我把鑰匙緊緊握在了手心。

二！

手掌中的冷汗，幾乎浸透了鑰匙。

一！最後一秒。

我在最後一秒深呼吸一口氣，之後便用力將手中的鑰匙用盡全部力氣扔了出去。

以我為圓心，整個十多秒，各種各樣的物品接連不斷的飛出。滿教室上空都是亂飛的物件。

凱薇抽屜裡的殺人風鈴呼嘯著，擊中了我拋掉的鑰匙後。一來一回，不停從課桌裡進進出出，以自己獨有的節奏在攻擊拋飛物。

這個世界沒有傻瓜，在死亡的威脅下，所有的遲疑恐懼都會化為求生的動力。每個人體內的激素都在發瘋似的分泌，每個人動作都只剩下本能驅動。本能，是最好的次序。教室裡的全部學生，完美的分配了扔東西的先後。不多不少！

當最後一個學生扔出手裡的鋼筆後，我大喊一聲：「逃！」便飛速起身，拔腿就朝教室門跑。剩下一窩蜂的學生，整整二十七個人，都以最快的速度跑了起來。

呼嘯的風鈴仍舊在教室的空間裡劃出一個又一個的軌道，襲擊著剛才留下的聲響。十三秒鐘，在逃生中稍縱即逝。所有人都憋著氣拚命逃。我迅速拉開教室門，撲到了走廊上。後邊依次有人跳出門，撲倒在地，使勁兒的喘著粗氣。

哪怕是累到胃部抽痛，最終二十六個學生都完整的逃了出來。我靠在牆壁上，不停的呼吸。得救了！活下來了。總覺得剛剛在教室中的十多分鐘，是我最接近死亡的一次。

該死的風鈴。那個叫瑩瑩的神秘女孩叫我們潛入風嶺二中調查吳彤。難道她其實一直都知道吳彤有問題。這個混蛋，絕對對我們隱瞞了些要命的東西。

冰冷的教室地板上，躺著四具已經逐漸冰涼的屍體。剛才還鮮活的生命已經沉寂了，一同沉寂的是，凱薇桌子中的那只恐怖風鈴。

它躲在抽屜裡，散發出詭異而安靜的壓抑。

所有學生只顧著抽泣，抱著腦袋為死裡逃生而欣喜。沒有人顧得上開口說話。直到一個聲音打破了走廊上的怪異，「夜老師，你們一整班人都怎麼了？髒兮兮的，活像難民。」

我抬頭一看，是早晨領我們參觀學校的年輕人張絡。他背後跟著被我們一幫人模樣嚇呆了的一眾老師。元玥也在其中。

自己一聲不吭，拽著元玥的手就朝樓梯走。

「夜老師，你們去哪裡啊？」張絡連忙問道。他這個人的神經足夠大條，完全看不出附近的氛圍有問題。

我轉頭大聲對他說：「千萬別進高三二班的教室，絕對。具體情況，問我的學生。我和元玥，下午請假！」

說完，就迅速離開了。

經過了剛剛的殺人風鈴事件，自己突然意識到，風嶺鎮的可怕比我想像的更加陰森。凱薇提到的風之神，到底是怎樣的存在。它為什麼會給吳彤殺人風鈴？而吳彤，真的只是為了減肥，才接受那古怪的八角風鈴的嗎？

不行，必須再去醫院找吳彤。看看她怎麼說。

第六章　風棄之城（上）

對於風鈴最早的記載，是出自於唐朝《開元天寶遺事》。當中提到：「岐王宮中竹林中，懸碎玉片子，每夜聞碎玉子相觸聲，即知有風，號為至占風鐸。」

從這句話判斷，當時的中國古人將碎玉石懸在一起，風吹玉振，叮叮噹噹發出清脆的聲音，目的是用來「知風」。

最早的風鈴還不叫風鈴，而是稱為「占風鐸」。

那時候的占風鐸並沒有太多豐富的造型。風鈴對現代人最大的用途，是好聽，好看。但是，中國古人懸掛風鈴，卻是實用性高過裝飾性，所以有個成語叫做「風吹玉振」，形容風鈴的聲音能夠讓人靜心養性，又或祈福平安。

風嶺鎮這一只能夠殺人的風鈴，是怎麼回事？我沒看到過實物，但是從凱薇的描述中，自己能想像得到這枚風鈴，應該是屬於八角風鈴的一種。同樣的八角風鈴，我也在鎮上其他地方見到過。

便是自稱為瑩瑩的超神秘女孩被關的古建築附近。那裡掛著密密麻麻的八角風鈴。

這其中，是不是有所關聯？而給吳彤八角風鈴的所謂風之神，和瑩瑩有沒有關係呢？無論如何，瑩瑩絕對隱瞞著什麼。

當我們趕到鎮第一醫院時，吳彤的病房空蕩蕩的，沒有人在。醫院裡的醫護人員一團糟，臉上滿是恐懼的表情。

我隨手拽住一個年輕護士問：「吳彤去哪兒了？」

本來就焦急的護士頓時臉色大變，連連擺手：「我也不知道。大家都在找她呢。」

「她失蹤了？」我皺了皺眉頭，怎麼這麼巧：「到底發生了什麼事？」

「不清楚，真的不清楚。事情太怪了。」護士欲言又止，看了看附近慌亂的醫護人員：「你們是她的誰？」

「我們是吳彤的老師。」元玥掏出了剛做好的教職員牌。

小護士瞅了一眼，壓低了聲音：「既然是老師的話，那麼你們應該知道些事情。吳彤在送進醫院前，發生過離奇的事情了。對吧？」

這句話什麼意思？護士為什麼會對陌生的老師說如此摸不著頭腦的話。她的話中飽含的懸疑色彩太濃了。濃到我更加凝重起來。自己和元玥交換了一下眼色，之後點了點頭：「沒錯，她在學校操場，發生了些小意外。」

「不只是小意外那麼簡單吧？」小護士冷哼了一聲：「你們這些教育工作者，一點道德都沒有。只知道將棘手的事情推給我們醫院。」

我尷尬的笑了兩聲，小護士的抱怨，讓我心驚膽跳。難道她所謂的棘手，並不是指吳彤身上的傷。而是其他方面？風嶺鎮，實在是太怪異了。越是深入瞭解，越是覺得它的可怕。

小鎮彷彿被拋棄在人類大世界之外，生活在其中的所有人，都在努力的維護著次序。雖然那次序，脆弱得難以想像。

「通知吳彤的家長吧，我們打她家的電話，卻沒聯絡上她的家人。」小護士急急忙忙的拋下這句話後，便匆匆走開了。

「這態度，真是好得很！」元玥張大嘴巴，目送小護士離去，鬱悶道：「盡是沒頭沒腦的話。夜不語先生，我們該怎麼辦？」

「我倒是不覺得她的話沒頭沒腦。」我搖了搖頭：「先去吳彤的病房看看。」

鎮上的醫院不大，由於留在風嶺鎮的人只剩下兩千多人，所以醫護人員也不多。病房在二樓，空空蕩蕩的，和一樓的喧囂形成了鮮明的對比。

潔白的牆面，在陰暗潮濕的樓梯間裡不斷延伸。醫院，總是給人不舒服的病態。或許生老病死的非自然群體凝固在同一個空間裡，所以才會將腐臭味永固在走廊的空氣中。

走廊上，沒有風。只有垂死的安靜。

元玥有些害怕，身體朝我擠了擠，柔軟的身軀帶著一股不同於醫院裡空氣清新劑的香味。我循著上次來的記憶，找到了吳彤的病房。

病房裡一個人都沒有。原本可以住兩個人的床位上，左邊的床被翻得亂糟糟。而右邊的床位還算乾淨整潔。

點滴用的移動吊瓶杆倒在床邊，透明的液體流了一地。顯然吳彤在上點滴時，突然就離開了醫院。不，或者並不是她主動想離開。

我皺了皺眉頭，將地上一根棒子一般的物體撿了起來，湊到眼前看了看：「怪了，吳彤不可能一個人出去得了，還記得前幾天我們來見她時的模樣嗎？」

「是因為她的腿摔斷了，打了石膏，移動不便嗎？」元玥問。

「不只是這個。」我搖了搖頭：「妳看這個東西。」

我將手裡的棒狀物遞給她。

元玥吃了一驚：「鎮痛棒？」

「這不是一般的鎮痛棒，是強烈鎮痛棒。」我越發的覺得吳彤的失蹤有些不尋常：「只是摔斷了腿而已，打了石膏固定後，應該不太會痛才對。除非之後她的病情惡化。這根強烈鎮痛棒裡的藥用超過一半，這意味著，在藥物作用下，吳彤應該是昏昏欲睡的，根本沒辦法走動。」

我的視線仔細的在房間裡又搜索了一圈：「除非是有人帶走了她。可是，這種可能並不大。妳看門背後和窗沿。」

元玥轉頭望過去，「啊」了一聲，「房間裡的櫃子都移到了門附近了？」

「我看，不只是櫃子。還有另一張病床。」我的眼神落在了右側的床上：「那張床是後來歸位的，被子也是才鋪好的。還有窗臺，妳看。沿著窗沿有些怪異的痕跡。」

醫院的窗戶從來都為了發生意外，所以只能開一道小縫隙。吳彤不只將窗戶關好了，甚至還不放心，不知為何，將所有可能有縫隙的地方，都用膠帶貼了一層又一層。

「吳彤應該失蹤沒多久。在她失蹤前，她居然強忍著鎮痛棒的嗜睡副作用，拖著自己的斷腿爬起來。」我眯著眼睛推斷：「她爬下了床，扯掉點滴的針頭。拚命將房間裡的床和櫃子移動到門背後，抵住門。之後又用膠帶封好窗戶的縫隙。奇怪了，她為什麼要這麼做？到底是為了防備什麼？難道有東西要進來？」

我用了「東西」這個詞，而不是人。因為吳彤的行為太怪異了。窗戶貼膠帶可防不了人，只能防止無孔不入的玩意兒。

聽了我的說明，元玥臉色煞白：「她，為什麼要這麼做？」

「是啊，為什麼呢？」我用手指敲了敲額頭。吳彤的反常行為，應該開始於幾個小時前。畢竟醫院的護士哪怕人手再少，也會每隔幾個小時查一次房。如果進不了房門，肯定會叫來人手將房門撞開。

這意味著，從吳彤封閉房間到護士撞門進房的這段時間內。整間病房都屬於密閉狀態。密室中的吳彤，居然失蹤了。

她怎麼可能失蹤得了？畢竟，那可是實實在在的密室啊？直到現在，房間中也只有門這個出口被打破了。窗戶上仍舊還貼著膠帶。她到底去了哪兒？

我百思不得其解。最後一抬頭，視線注意到了房間入門口的監視器上。監視器還亮著綠燈，證明一直都有在運作。

「去監控室找找線索。」我抬手指了指監視器。元玥立刻會意。

兩人迅速走出病房，朝樓上走去。來到隱蔽處，女孩悄聲道：「夜不語先生，吳彤的房間裡怎麼會有監視器？太奇怪了。」

我也很疑惑。畢竟監視器並不屬於醫院病房該有的設備。更何況這只是縣一級的醫院，醫療水準一般。吳彤住的是普通病房不是ICU、或者精神病科。為了病人的隱私，普通病房是明文禁止不准裝監視器的。

但是這家縣級醫院居然在普通病房裡都裝了監視器，還真是詭異得非比尋常。

「別多嘴。」我一邊上樓，眼睛一邊在四周打轉。這家醫院何止在病房，甚至在各個死角，都裝了監視器。連樓梯間也不例外。冰冷的監視器燈光閃爍在灰暗的空間裡，如同無數雙眼睛死死的盯著我們偷窺，滲人得很。

監控室很好找，醫院竟然大剌剌的用指路牌標示了出來。來到三樓最裡邊的房間，我們看到了掛著「監控室」三個字的銘牌。

輕輕一推，門就打開了。裡面沒有人，只有五個螢幕分佈在這間不大的房間裡。螢幕上分屏顯示著各個房間的情況。我靠，監控得有夠徹底的，醫院的院長絕對是個變態。連廁所都沒放過。

「吳彤住在 203 室，幫我找找她的影像紀錄。」我吩咐道。

雖然說兩個人找起來快一些，但是硬碟中的監控紀錄實在太多了，而且分類的也十分凌亂。好不容易元玥才找到 203 室的資料夾。突然，她發出了「咦」的一聲。

「發現了什麼？」我被她的叫聲吸引了過去。

「夜不語先生，203 的影像，似乎被監控室的員工刻意分段保留了一些。」

我立刻看了過去。監控紀錄其實是滾動錄製的。像醫院如此大的紀錄量，監控室中的硬碟最多每份影像只能保留二十四個小時的紀錄。但是 203 室不同。

它有幾段影像被特意保留了下來。看備份時間，甚至還有三天前的。

我點開了第一段影片。監視器記錄了吳彤剛進入醫院病房，打了石膏，百無聊賴的正在玩手機。這似乎沒什麼可疑的。

第二段，跳躍了不知道多久。我和元玥出現在病房裡，對著吳彤詢問了幾分鐘後，便離開了。

第三段，是昨天下午。一個女孩的身影出現在了病房裡。居然是凱薇。我皺了皺眉頭，凱薇不是說她被吳彤陷害了嗎？怎麼還給吳彤端了吃的過來。而且兩個人親親熱熱的交談起來。影像一直在緩慢推進，直到半個小時後，氣氛還是很正常。

可當凱薇看似無聊的走到窗臺前時，我整個人都差點跳了起來。

風鈴。該死，自己居然一直都疏忽了。吳彤病床的窗戶前，居然掛著一只古色古香的八角風鈴。

「妳看這裡。」我指著螢幕上的風鈴給元玥看。

元玥也大吃一驚：「這個風鈴和風女嶺那個瑩瑩被關的地方的風鈴好像。」

「就是同樣的東西。」我眉頭緊鎖。透過高清鏡頭，可以很清晰的看到窗臺上的風鈴。青銅的鈴身上端圓潤，呈現道士鈴鐺模樣。下方在腰身處一邊，形成了八個棱角分明的角。確定是八角風鈴無疑。

這個風鈴大約只有拳頭大小。令我聯想到幾個小時前發生在高三二班的可怕事件。殺人風鈴在講桌上留下的痕跡，和螢幕中風鈴的輪廓一模一樣。

這是怎麼回事？凱薇不是說風鈴在自己手裡嗎？為什麼會有一個一樣的風鈴，掛在吳彤病房的窗臺前？

螢幕中的凱薇站在風鈴前偷偷瞄了風鈴幾眼，之後又和病床上的吳彤交談起來。

「她們倆在說什麼？真是討厭死了，既然都弄了監視器，怎麼不把聲音也錄下來。」在路上我就將自己在高三二班發生的驚魂事件告訴了元玥。這個女孩顯然被鎮上越來越怪異可怕的事情嚇到十分焦躁，她急於想從風嶺鎮逃出去。可是邊界線上的那股致命怪風，根本不會放她離開。

監視器記錄了凱薇的側臉。這位有著活躍青春的女孩的側臉很漂亮，她轉動了一下臉龐，我終於看到了她完整的嘴唇。

在她的嘴唇一開一合間，我唸道：「凱薇在和吳彤說，她窗臺上的風鈴很好看，聲音也很好聽。買得真值得。」

「你從哪裡聽出來的？」元玥詫異的看向我。

我聳了聳肩：「讀唇語，也是我的技能之一。」

「你果然是個怪物。」元玥對我做了個不中肯，且極有偏見的評價後，又道：「然後呢，她們倆又哈拉了什麼？」

我的視線不斷的捕捉螢幕中兩張嘴唇的動作，猛地眉頭一跳，震驚了：「吳彤說，哪有人自己誇獎自己買的東西。」

真該死。凱薇一直都在撒謊，什麼吳彤為了減肥去求風之神求來了風鈴，還將殺人風鈴塞給了她。這只風鈴，明明就是凱薇自己買來的，甚至當作禮物送給了吳彤。這個凱薇，為什麼要撒謊？

螢幕裡，凱薇想要摸摸風鈴，但卻又迅速的將手縮了回來，一臉捨不得的說：「小彤，我能把這只風鈴拿回去幾天嗎？太漂亮了，挺捨不得的。」

「送別人的東西還有收回去的。」吳彤聳了聳肩膀，笑嘻嘻的說：「好吧好吧，妳拿回去吧。但是要多送一些湯過來補償我喔。」

「知道了，知道了。」凱薇背過身，用身體擋住吳彤的視線。可是在影片中，她的動作被我們看得一清二楚。凱薇偷偷的掏出一塊黑色的布，隔著布將八角風鈴摘下來，包裹好，放進書包中。

「妳好好養病，我該走了。」做完這一連串的動作，凱薇再次和吳彤調侃了些無營養的東西。便告辭準備離去。

臨走前，她突然停住了身形，轉身問了吳彤一句：「小彤。如果有個人，一直在做一件為了自己傷害別人的事情。妳覺得，她有沒有被原諒的可能？」

吳彤愣了愣：「小薇，妳是什麼意思？」

「嗯，沒什麼。只是隨便問問。」凱薇搖了搖頭，側過臉。她臉上那一絲不忍隨後就煙消雲散：「多休息。我會好好照顧伯母的。」

「但是我媽已經出風嶺鎮三年了，要妳照顧什麼？」吳彤被凱薇一連串沒頭腦的話弄得有些不安：「凱薇，妳怎麼了？最近妳的情緒有些不太對勁？」

凱薇沒有回答，徑直離開了病房。

看完這段影像，我和元玥面面相覷。元玥不解道：「夜不語先生，你們班上的凱薇一直在撒謊，對吧？她剛才幹嘛不直接拿走風鈴，而是要用手帕隔開？還有，她最後那段話，是什麼意思？」

「現在不是討論的時候。」我的心裡驚潮湧動。從凱薇一系列的動作和對話中，自己聞到了一股絕對不安的氣息。我迅速點開了 203 病房兩小時前的監視影像。

視頻中的吳彤一開始仍舊是躺在床上，看得出來，她有些不舒服。按鈴叫來了護士，指著自己的腿，痛得臉色發白。護士檢查後又叫來了醫生。醫生也是一番檢查，看她實在痛得受不了了。只好撬開她腿上的石膏。

但石膏撬開瞬間，所有人都大驚失色。

吳彤的腿居然腐爛了。包裹在石膏中的小腿潰爛得厲害，皮膚沾黏在石膏內壁，連帶著不停往外冒出黃色膿水。噁心無比。

監控室裡的我倒抽一口冷氣。心理承受能力差的元玥甚至險些吐出來。

吳彤見自己的腿突然變成了那副恐怖模樣，嚇得不停尖叫。有些甚至已經腐爛到骨頭的部位，在她的尖叫聲中顫抖不已，彷彿隨時都會折斷。

護士手忙腳亂的將她按住。醫生臉色難看的開了抗生素和鎮靜劑。醫護人員把吳彤糜爛不堪的腿用綁帶嚴嚴實實的捆住。又將強烈鎮痛棒的一端插在她腿部的血管位置。

醫生示意在鎮靜劑作用下昏昏欲睡的吳彤，讓她在感覺到痛的時候，按鎮痛棒頂端的按鈕。這樣可以緩解痛苦。

吳彤仍舊在恐懼當中，無法解脫。她根本不能接受自己不久前還好好的腿居然變成了那麼可怕的模樣。

時間在影像中流逝，吳彤張嘴無聲的開合了幾下後，睡著了。我也開始快轉。就在快轉沒多久之後，突然，放在病房床頭櫃前的手機螢幕，亮了，響了起來。

鎮定劑的作用，也剛好消失。

吳彤吃力的抬起手，將電話拿起。她看了看手機螢幕後，接通了。她跟電話裡面的人哭訴，可是哭訴了沒多久，她愣住了。

似乎電話那邊有人對她說了什麼可怕的話，可怕到她比自己的腿爛了的事都難以接受。她哭喊，她大罵，她歇斯底里。

電話彼端的人，在她的歇斯底里中將電話掛斷了。

吳彤憤怒的尖叫著，狠狠將手機朝牆壁扔去。脆弱的手機撞在牆壁上，撞得粉碎，無數碎片四濺落地。

隨著手機的破裂，吳彤似乎也已經冷靜了下來。她撐起身體，環顧了四周一眼。女孩在仔細的打量著病房中的一切，之後，瘋了似的拔下右手臂上的注射針頭。提著疼痛腐爛的斷腿下了床……

第七章 風棄之城（下）

到底是誰的電話，讓吳彤如此憤怒。電話裡的人說了什麼話，使得女孩恐慌無比。竟開始堵住房門。她想要阻止什麼進來？

本來就是寄希望在監控室找到這件事答案的我和元玥，反而被吳彤沒來由的舉動給搞昏了頭。

冰冷的監視器記錄著吳彤的掙扎。她臉上交織著腿上無比的痛苦，可是女孩咬牙忍住了。吳彤提起腐爛入骨的傷腿，吃力的跳著，將床頭櫃，另一張床推到門前抵住了門。

做完了這一切，吳彤還是不放心。她的視線左右移動了一下，又跳到窗臺前。慌亂的女孩在櫃子中的行李裡找到了膠帶，把窗戶所有縫隙都牢牢封住。

吳彤稍微鬆了口氣，她一屁股坐在地上，嘴巴歇斯底里的喊著什麼。

「她在說什麼？」元玥沒看懂吳彤在幹嘛。

我仔細辨認吳彤的唇語：「她在咒罵一個人。她說自己不會死，要死也要拉著誰下地獄。她不會死，絕對不會死。」

「吳彤的意思是，她覺得有人在害她？」元玥問。

我冷哼一聲：「不是她覺得。而是確確實實有人在害她。妳沒看到她的腿嗎？從受傷到現在，不過才四天罷了。四天前被打了石膏的腿，每天都有使用抗生素。怎麼會突然腐爛到連骨頭都露了出來？」

「害她的是誰？」元玥吃驚道。

我聳聳肩：「還能是誰。肯定是她的好友凱薇。」

「所謂的好朋友，其實總是有被對方傷害的時候。每個人的心中都有陰暗面，哪怕最好的閨蜜都在暗自較量。沒有人是純潔無瑕的。如果兩個朋友一直都在同一水平線，不偏不倚倒還好。但是一旦有一個勝出，比你們所在的水平線更高一點。

「那麼低於水平線的閨蜜，就會變成暗地裡詛咒妳的對象。」我一邊看影片，一邊越笑越冷：「不總是這樣嗎。家境比自己差的閨蜜搶走了自己的男友。長相比自己差的閨蜜搶走了自己的男友。條件沒自己好的閨蜜搶走了自己的男友。總是有人如此抱怨。人類永遠是嫉妒和攀比的動物。

「靠得越近的人，瞭解得越多的人，越會成為一個人攀比和嫉妒的對象。攀比和嫉妒，能將一個人從動物變成怪物。無所不用其極。」

家境很好的元玥，顯然對我這番話深有感觸，但不禁又更加疑惑起來：「可是凱薇各方面都比吳彤強。她為什麼會嫉妒羨慕吳彤。沒理由啊！應該反過來才對。」

「所有人都這麼想。所以在高三二班時，凱薇的謊言才會順理成章。才會將我也矇騙了。」我皺了皺眉：「但是凱薇這麼做，肯定是為了有所得。她甚至不在乎死多少人。你看她昨晚離開吳彤病房時說的那番話。凱薇，明明知道自己拿走風鈴後會發生可怕的事情。甚至，會危及吳彤。」

「那麼剛剛打電話給吳彤的，就是凱薇？」元玥渾身一震。

「沒錯，一個人只有深深被最好的朋友背叛陷害時，才會那麼發狂、那麼歇斯底里。吳彤既痛苦又絕望。而且那個吳彤，也並不是什麼單純的受害者。」我的眼睛一瞇，一個字一個字的將這句話吐了出來。

元玥呆住了：「什麼意思？」

「很簡單。如果她真是單純的受害者，那麼當凱薇的電話打來之後，她為什麼會絕望？因為這個女孩，顯然非常明白自己將會遇到什麼可怕的事情。從她將手機摔碎後，一系列動作判斷。她很清楚自己的現狀，她拚命的阻止即將發生的可怕事情，她想要活下去。而且，她也知道該怎麼阻止。」我淡淡道。

凱薇和吳彤，這兩個女孩，都不是單純的陷害者和受害者。這兩個從小到大看似親密無間的好朋友，或許從小就互相在暗地裡過招無數次了。兩人和世上無數朋友關係一模一樣，聯繫密切而又相互栽贓。

她們倆的友誼，從來就不是潔白無瑕的。

我的話似乎觸動了元玥的心事，她的臉色黯淡了下去，視線有些迷離的看著一直坐在地上咒罵的吳彤：「吳彤到底在阻止什麼進門？」

「我也不清楚。但是同樣的事情，妳難道忘記了嗎？」我望向她：「記得妳身上發生過的事情嗎？當時，妳還在英國的曼徹斯特。」

沒錯，元玥這位英國華僑在曼徹斯特一座小城工作的時候，接到了死亡通告的詛咒。她懷疑同住一樓的二樓住戶孫妍有問題。所以偷偷的跑進孫妍的房間，結果大吃一驚。孫妍的房子裡沒有任何傢俱，只有一個古怪的青銅箱子。

還有大門背後密密麻麻的青銅鎖鍊。孫妍，似乎也在防備著什麼闖進房間。同樣詭異的事情，再一次的發生了。發生在了風嶺鎮，高三二班吳彤的身上。

影片中，窗外飄起了春雨。春雨飄呀飄，輕輕飄打在了窗臺上。滴滴答，滴滴答，飄入玻璃，撞得粉碎。似乎預示著兩個人的友誼，也在這場春雨中，破裂不堪。

原本歇斯底里的吳彤停止了喊叫，她傻呆呆的望著那場遲來的春雨。她就那麼坐著，螢幕裡時間無聲的流淌，春雨就那麼下呀下。從淅淅瀝瀝，變得越來越大。

之後，她渾身一驚。視線看向了門。

門的位置是監視器的死角，我和元玥只能看到抵門的床，似乎震動了一下。有誰，在敲門？使勁兒的敲？

「凱薇，是凱薇嗎？」吳彤試著叫了叫。

只有敲門聲，回應她。

吳彤頓時臉色煞白，她捂住了耳朵，拚命的捂住。門從敲擊變成了撞擊，抵門的櫃子和床震動得厲害。

過沒多久，門外的東西似乎發覺無法進來，便離開了。螢幕中的病房回復了死寂。

窗外的清晨陽光照射入房間，照亮了吳彤的髮絲。春雨逐漸飄離，只剩春風還在吹拂著樓外樹枝。

最靠近病房的一根柳樹的樹尖，突然被一樣看不見的物體削斷。紛紛揚揚的樹枝掉落一地。無形的鋒利靠近了吳彤的窗臺。窗戶縫隙裡的膠帶，彷彿受到了大量的壓力，居然如同吹氣的氣球似的，鼓了起來。

吳彤尖叫著，爬起身又把膠帶補了好幾層。

外界的無形之物無法進來。再次離開了。

螢幕前的元玥看到這詭異的一幕，面露慘色：「好恐怖。真的和我在孫妍寢室裡的遭遇好像。外邊想進來的東西，究竟是什麼？」

這一點，我也想儘量看清楚。但是卻什麼都看不到。

吳彤見危險離開，表情稍微好了些。她吃力的跳到床前，一屁股坐了下來。她渾身都是冷汗，全身癱軟無力。腐爛的腳也痛得更厲害了。因為過度運動，殷紅的血染遍了整個綁帶。

「走了，走了。」元玥緊張的一直緊拽著我的手。就像她和吳彤在同一個房間中，隨時會遭到那無形而鋒利的東西攻擊。

我搖頭：「沒那麼簡單。」

話音剛落，螢幕裡的吳彤突然像是意識到了什麼，她抬頭，望向了牆壁左上角。那面牆壁本應該是安裝空調的地方。但是空調已經被移走了，只剩下外機的空洞孤零零的留了下來。

孤獨的拳頭大的孔，猶如噬人的嘴。在陽光中顯得陰冷壓抑。

吳彤又是一陣尖叫，她瘋狂的跳起來，拿著膠帶試圖將那個孔封住。但是已經晚了。無盡的壓力從孔外傳來。巨大的吸力將她整個人都吸了上去，女孩的臉牢牢的貼在了牆壁上。她痛苦絕望的想要張嘴宣洩疼痛。

但是就算這一點，女孩也做不到了。

吳彤張大了嘴，她身體無聲的開始萎縮。女孩的血肉、體液、皮膚、肌肉組織都被來自外界的力量吸走。

最終連皮帶骨，哪怕是血都沒留下一滴。吳彤消失在了空調孔外，了無痕跡。

視頻中只剩下空蕩蕩的，密室般的病房。

我和元玥只感覺一股寒意冒上了脊背，好半天都無法緩過勁兒來。這算什麼？到底是什麼力量可以將活人連人帶骨從不足拳頭大的空調孔中吸走？該死，吸走吳彤的東西，究竟是啥玩意兒？

該死！該死！風嶺鎮中，暗自流淌的超自然力量，是要幹嘛？是誰在驅使這股力量？他要幹嘛？

過了好久，我才從震驚中回過神來，乾啞的喉嚨只吐得出幾個字：「回學校，找凱薇！」

當我們趕到學校時，凱薇和她的男友戴立，不出意外已經離開。打電話，電話關機，家裡也沒人。他們就這麼消失在風嶺鎮中。帶著許許多多待解的謎團。

沒有辦法，我和元玥，只好再一次去了風女嶺，責問那個叫做瑩瑩的神秘女孩。

風嶺鎮郊外的那座偏僻風女嶺，自己在這段時間也曾調查過。當地人從來不會提及它的存在，似乎這個地名本身，就是一種忌諱。鎮上根本沒有直接通往風女嶺的路，要想過去，除非是走土道上山，來到風嶺鎮和鄰鎮夾角的位置。要仔細尋找，才能找得出一條斷裂的小路。

年久失修的小路本身便是古道，青石板因為歲月的洗禮，坑坑窪窪的缺了很多。令人走在路上極為不舒服。更不舒服的是那兒的空氣。

風女嶺海拔不高，大約才一千多公尺。可是氣壓強得很，空氣也稍顯稀薄。走久了總是會覺得喘不過氣。彷彿整個山嶺，都籠罩在一片龍捲風的風眼裡。詭異得很。

叫做瑩瑩的少女，自稱從小就被養父關在風女嶺的古建築裡。

我也仔細觀察過那座所謂的古建築。博學的自己，居然分辨不出修建的年代。那個宮殿般的建築物高十幾公尺，上邊是鐘形，下方是八角形。

最怪的是，宮殿下方的八角牆壁被無數手指粗細的鐵鍊捆得結結實實。整棟建築物都被捆住了，根本無法從外界打開。我甚至都搞不懂，瑩瑩的食物來源和生活用品是如何送過去的。

捆住建築物的鎖鍊，也是奇怪至極。我曾經試圖用大鋼鉗想要把這些鏽跡斑斑的古老鐵鍊剪開。結果鋼鉗不但沒有將鐵鍊剪短，反而刃口上剪出了一個豁口。

這簡直是不科學。

鐵鍊明顯和建築物是同時期的，至少也有數百年歷史了。當時的古人煉鐵技術不發達，而且鐵中雜質極多，硬度和韌性根本不可能高到哪兒去。能剪斷同樣粗細鋼材的大鋼鉗，居然都剪不動它。

有豁口，就證明鐵鍊的硬度大於鋼鉗。這事實我無論如何都難以接受。所以這次來之前，我特意在鎮上買了一些東西。其中就有一把液壓鉗。

我不信代表人類科學技術水準的液壓鉗會拿那些古鐵鍊沒辦法。

風嶺鎮上的樹木茂盛，數十公尺高的古林木很多。顯然本地人從來不會到這兒來，更不會來胡亂砍伐。所以瑩瑩所在的古建築，早已經隱沒叢林中，不仔細看根本分辨不了。

我和元玥來過好幾次，熟門熟道的循著風鈴的聲音找了過去。

古建築周圍遍佈著無數的八角風鈴，在這風從不停歇的風女嶺上，從來都是「叮叮噹噹」的響個不停。

在靠近這些風鈴前，我和元玥同時猶豫了片刻。今天經歷了高三二班殺人風鈴的生死劫，還在影片中看到了八角風鈴的真身。自己對附近漫山遍野不下於上千數量的青銅八角風鈴，不由滋生出了恐懼感。

這漫山的八角風鈴和懸掛在吳彤病房窗臺上的一模一樣。誰知道這些風鈴，會不會每一個都有某種超自然的危險。

「夜不語先生，你看瑩瑩住的建築。每次來我都覺得它模樣古怪。現在又仔細看了看，你不覺得它，其實就像是八角風鈴的樣子？」站在我身後的元玥扯了扯我的衣袖。

我敲了敲腦袋：「被妳這麼一提醒，確實很像。」

人這種動物很怪異，不重要的東西大腦往往會視而不見。同樣覺得眼前建築物古怪的我，也只是覺得它古怪罷了。之前好幾次看到漫山風鈴，也只感覺怪好看的，悅耳動聽。可是被風嶺鎮一些可怕事情弄得焦頭爛額的自己，並沒有把建築的形狀和四周的八角風鈴聯繫在一起。

被元玥一說，我也注意到了。關著瑩瑩的古建築何止是像八角風鈴，它根本就是一只放大到十多公尺高的巨大八角風鈴。奇怪了，風嶺鎮的先人，為什麼會修建這樣怪模怪樣的建築物。難道是為了祭祀某種神仙？

同樣是八角風鈴，懸掛在吳彤病房的那一只就有問題。而風女嶺還有幾千只。事情實在是太撲朔迷離了！

「走吧，妳去叫瑩瑩。」我小心翼翼的躲開眾多八角風鈴，來到八角風鈴建築前，取出液壓鉗。準備試試看能不能剪開捆住建築的那些老舊鐵鍊。

元玥將手合攏成喇叭，大聲喊道：「瑩瑩，瑩瑩。」

十公尺高的建築頂端豁口處，一個小腦袋冒了出來，她揉著惺忪的睡眼，姣好的面容一臉睏意。太陽都老高了，正常人都該吃午飯了。這傢伙居然還在睡好覺。

「夜不語先生，你剪不開的。世上除了鑰匙，沒有東西能剪開這些鐵鍊。」自稱瑩瑩的黑長直美少女將瀑佈般油亮的長髮紮成馬尾，一邊調侃我，一邊衝元玥開心的叫：「姐姐。歡迎回來。」

元玥氣惱道：「都說幾次了，我不是妳姐姐。根本不是。」

「妳不承認也沒關係。我們倆的血緣關係是剪不斷的。」瑩瑩滿不在乎的說。

建築下的我，汗水流了一地，液壓鉗都壞了。結果終究沒能剪斷哪怕一根鐵鍊。

我一臉的不可置信，怔怔的瞪大眼睛。

「我都說了，夜不語先生。沒有鑰匙的話。是打不開鎖鍊的。」瑩瑩嘆了口氣。

「那妳口中的鑰匙，在哪兒？」雖然元玥對瑩瑩叫自己「姐姐」很不滿，但是瑩瑩滿身的活力和青春氣息，還是讓她對其有些憐憫。一個女孩子居然被人活生生的關在古建築中，這簡直沒道理。

接觸過幾次，我始終覺得這個女孩不簡單，非常神秘。她絕口不提是誰將她關起來，她住在八角風鈴建築中，可是卻能掌握許多資訊。甚至能準確的叫出我和元玥的名字。據說她的房間中有網路有電腦，所以她透過網路找到了元玥，還化為網友警告她有危險。

她認為元玥是她的姐姐，可是卻絕口不提自己的全名。甚至對我們遮遮掩掩，實在是被問得急了，這才像是擠牙膏般，擠出一些資訊來。

對這樣的女孩，我也有些困擾，甚至拿她沒辦法。誰叫自己急需的東西，根本就沒在元玥的手中，而是在她的手裡呢。

這是元玥親口告訴我的。直到前些天，我才搞清楚真相。元玥用來勾引我替她賣命的那個東西的資料，正是一個匿名者發信給她的。發信人毋庸置疑，就是瑩瑩。

長話短說，我之所以還留在風嶺鎮沒有走，便是因為想要得到那東西，Boss 現在已經換了。那東西關乎守護女的性命，所以，我必須要替瑩瑩賣命。

現狀果然令人糾結到腦袋痛。縱然自己千百個不願意，但早已無法獨善其身。風嶺鎮是一灘死水，真正的死水。這便是我留在這裡一個禮拜的心得。這灘死水中，你待得越久，死掉的可能性越大。

瑩瑩從建築頂端拾階而下，來到了三公尺高的八角形狀上站著，居高臨下的望著我們。

「姐姐，鑰匙。妳已經見過了。」女孩喃喃的吐出這麼一句，臉上流露出求生的欲望。

元玥不假思索的搖頭：「長什麼樣子？我真見過？」

「不錯，我們倆都見過了。」我瞇了下眼：「妳仔細觀察建築物八個角的正中央。」古建築的底部有三公尺高，屬於切面八角形。八面高達三公尺的牆壁每一面的中央，都留有一個拳頭大的凹痕。哪怕被層層鐵鍊遮蔽，凹痕也若隱若現。這一怪異的痕跡，自己老早就發現了。

「這個凹痕，是，是八角風鈴的形狀？」元玥渾身一震。

瑩瑩點頭：「所以我才讓姐姐妳和夜不語先生混入二中一趟，就是因為我接到線人的線索，說裡邊有個學生，得到了一枚八角風鈴。」

「可是這裡有那麼多的八角風鈴。」元玥指了指漫山遍野的風鈴：「隨便拿八個鑲上去不就行了？」

「姐姐，哪有那麼簡單。」瑩瑩苦笑：「只有那八只風鈴是特別的。也只有集齊那八只，才開得了門。我才能出去。」

我嘆了口氣：「所以費了那麼多功夫，妳的最終目的，是想要離開這建築？」

「當然。誰願意被關起來，而且一關就是三年。」瑩瑩也嘆息道。

「除了開門外，難道妳就沒想過別的辦法？」我抬頭，淡淡的望著她精緻的臉：「例如，直接跳下來。」

元玥恍然大悟，用拳頭敲了敲掌心：「夜不語先生，你的思維方式果然與眾不同。大多數人看到門都會想要打開它，之後出去。這是很多人都會陷入的思考謬誤。其實門並不是唯一的出路，瑩瑩，你跟我們只差三公尺的高度。跳下來，我們接住妳。退一萬步，哪怕妳摔了，也受不了什麼傷嘛。」

瑩瑩又笑了：「姐姐妳好天真。夜不語先生，你以為這一點我會想不到嗎？跳不下去的。」

說完，她進屋隨手拿起一塊馬鈴薯，扔了下來。說時遲那時快，一陣風吹來，馬鈴薯被切得粉碎。

「你看，能下去的，只有屍體。切得粉碎的屍體。」瑩瑩的話語中，滿是黯然。

我和元玥大驚失色，同時聯想到風嶺鎮古邊界上，阻止元玥離開的那股陰暗鋒利的風。同樣的機關，在這八角風鈴般的建築上，居然也有。

自稱被關了很久的女孩，仰頭望向天空。烈日下的天空很藍，乾淨得一望無際：「姐姐，夜不語先生。相信你們一直都很疑惑。風嶺鎮，到底怎麼了。」

她的眼神早已經不知道飄去了哪兒，女孩的聲音悠悠，像是在講述一個與她無關的東西：「其實，一直都很簡單。聰明的夜不語先生，您，或許早已經猜到了。」

「和風，有關嗎？」我交叉著雙手，試探的反問。

「沒錯，一直都和風有關係。」瑩瑩輕聲說：「無論是詛咒元玥姐姐的東西、還是這個城鎮的宿命。都和風有關。畢竟這是一座，被風拋棄的城市！」

第八章 瑩瑩的故事

很多人的命運都不一樣，一千個人，就有一千種命運。但是，命運的彼端，總是相同的。也通常只有兩種：幸福，以及不幸福。

瑩瑩這個神秘的女孩，被關在這座古樓中。關了三年。她究竟是為什麼被關進來，卻要從十六年前說起！

「夜不語先生，我也曾經有過幸福。」瑩瑩喃喃的回憶著。她也曾有過一個幸福的家。當時她家在風嶺鎮地位很高，有爸爸有媽媽有姐姐，一家人和樂融融。

六歲前的事情，瑩瑩太小，記得並不多。可有幾件事，直到如今，她，仍舊死死的刻在腦海中。那年她剛三歲，幸福戛然而止。爸爸不知為何帶著整家人，拋棄了一切，逃離了風嶺鎮。瑩瑩覺得自己悲慘的一生，就是從那時候開始的。

起初有家人的陪伴，哪怕不停輾轉在各處偏僻的貧民區居住都是甜蜜的。爸爸打工，薪水很低。但卻常常不顧母親反對，偷偷給她和姐姐買甜甜的零食。

他們一家通常只在一個地方待三個月，絕對不會超過三個月。隨著瑩瑩長大，她逐漸發現。全家，似乎都在躲避著什麼。

躲避的不只是人，而且還有更詭異的玩意兒。

爸爸每到一個地方，就會將落腳處租在最密不透風的地下室。瑩瑩的童年記憶中，總是有地下室的陰暗、污水橫流、骯髒和熏天的臭味。但是爸爸說，只有地下室才安全。

因為，沒有風。

瑩瑩想不通，電視裡、書本上描述的風，不是自然的現象嗎？爸爸為什麼會害怕風。不！不只是爸爸害怕它，媽媽和稍微大她兩歲的姐姐，也同樣害怕。

哪怕微風拂過，也會令家人恐懼得顫抖。

夏天的地下室無比悶熱，但是她的家，從來不開電風扇。甚至不用任何東西搧風。就算如此艱苦，瑩瑩還是很開心。因為爸爸媽媽，都愛著她。姐姐也愛和她玩。

就這麼躲了兩年。瑩瑩早到了應該上幼稚園的年紀，姐姐也該去小學了。她的父母覺得躲了這麼久，應該沒問題了。於是就找了一個偏僻的小城，安頓下來。

「姐姐去上小學時，爸爸給了姐姐一顆很小的氣球。真的很小。他要姐姐將氣球塞在書包裡，一旦覺得有奇怪的事情發生。就把氣球拿起來。」瑩瑩的眼神裡流露出說不清道不明的顏色：「爸爸說，只要氣球動了。就逃，拚命的逃。往家跑。」

瑩瑩並沒有去讀幼稚園。媽媽在家裡教她認識基本的漢字和數字，陪她一起玩。記憶裡，媽媽從來不出門。只有爸爸一個人早出晚歸的工作，很晚回家後，通常會帶足夠吃幾天的菜。

媽媽，也不讓瑩瑩自己出門。

記憶中，瑩瑩就封閉在爸爸租來的房間內。那是有幾十年歷史的防空洞改建的地下室，堅固的牆壁，堅固的鐵門。不透風的惡臭味總是瀰漫在那個防空洞中。自從從老家逃出後，瑩瑩已經習慣了被關在屋中的生活。

她很懂事，從來不問為什麼。也從來不流露出寂寞和羨慕別的小朋友的表情。她害怕母親見到自己的羨慕會傷心。

母親總是安然的過著類似於囚禁的生活，她偶爾也會望著屋子的天花板。說是天花板，其實這裡離地面還有厚厚的三公尺多的鋼筋混凝土。

日子一天一天的過去。爸爸有一次借著酒意說，當瑩瑩六歲後，也能跟姐姐一起去上小學。瑩瑩高興極了。她盼望著六歲的到來。她掰著手指一天一天的算。一年三百六十五天。兩年是多少？嗯，對了，自己四歲半了，還有五百多天，她就能徹底的走出這個封閉著她人生、緊箍著她靈魂的地下室。

地下室，永遠都是恐怖的場所。無論居住了多久，對小孩子而言。這裡陰森昏暗的走道，都太可怕了。有時候，媽媽見她實在無聊，也會破例打開房間門，瞅著沒人看得見的時候讓她在走道上跑幾圈。

說起來，地下室的鐵門，還被爸爸改造過。老爸找來了焊接工具，將門背後牢牢的焊接出了許多條鐵鍊。密密麻麻的鐵鍊每一根都能連接厚實牆壁上的鎖扣。門一開，鎖鍊會發出碰撞的聲音，像是風鈴一般清脆。

對，對！還有風鈴。

地下室沒有窗戶。但是媽媽仍舊在房間的正中央，掛了一只風鈴。一只古色古香的八角風鈴。

這只風鈴可古怪了。無論瑩瑩怎麼玩，怎麼撥弄，也不會發出響聲。每次她問媽媽，為什麼這只風鈴和電視裡的不一樣。為什麼不會響呢？是不是壞掉了？幹嘛要掛一個壞掉的風鈴時，媽媽總是苦笑著摸她的頭，說：「瑩瑩，希望妳永遠也不用聽到，這只風鈴的響聲。」

瑩瑩不懂。但是在她快要六歲時，她徹底，懂了！

那一天，便是真正噩夢開始的日子。

一整天，瑩瑩都很興奮。因為媽媽在幫她整理上小學用的校服。而爸爸已經替她在學校報名了，只需要到明天，再等一天，她就六歲了。她就能去上學，結交新朋友，和朋友們在教室裡開開心心的學習知識。

只要再等一天。她就可以作為插班生，進入附近的一所小學。

對於小學的概念，瑩瑩只在電視裡看過。她對別人家的小朋友的小學生活羨慕得要死。她不停的上躥下跳，一邊看媽媽替自己將校服修補合身。一邊不停的撫摸著學校教材。

書的香味、書的油墨味、嶄新的書。哇，真的好幸福。在各地陰暗潮濕的地下室關了三年的禁閉。自己總算可以正正當當的出門了。

「別高興得太早。爸爸告訴妳的話，妳還記得嗎？」媽媽見她如此開心，也笑起來。慈祥的摸了摸她的小腦袋。

「記得記得，瑩瑩全部，全部都記得喔。」瑩瑩指著自己的小腦袋瓜，大聲回答。

媽媽又笑了：「那瑩瑩背一遍給媽媽聽。」

「要注意風。小書包裡的氣球，絕對不能讓任何人看到。要注意風，一旦覺得風不對，就要把氣球拿出來。氣球在風中不動，就不用管。如果動了，就逃。朝氣球動的相反方向使勁兒逃。逃到密封的場所，想辦法聯絡媽媽和爸爸。」瑩瑩背著手，一個字一個字，鏗鏘有力的唸著。

「瑩瑩乖，瑩瑩的記性最好了。」媽媽拍掌鼓勵自己的女兒。

瑩瑩立刻得意起來，小臉驕傲的表情翹得老高：「當然，瑩瑩的記性比媽媽還要好喔。」

「對啊，對啊。瑩瑩的記性最好了，記得上課的時候也要表現良好啊。」媽媽哭笑不得的將手中針線停住，打了個死結，用牙齒咬斷線後，一揚改好的衣服：「妳試試合不合身。」

「我來試，我來試。」瑩瑩激動的從地上跳起來，接過衣服就準備朝身上套。

媽媽無語了：「瑩瑩，釦子還沒解開……」

母親的話音還未落地，就被一串清脆的金屬撞擊聲打斷了。頓時，她的臉色變得煞白。瑩瑩同樣也聽到了那串異常明顯的響聲。

好奇怪的聲音，叮鈴鈴，叮鈴鈴。談不上好聽，反而像是拳擊手拳拳到肉的悶響。堵得人心裡憋屈得慌。

「媽媽，什麼聲音啊？像是在屋子裡發出來的。」瑩瑩轉頭想要問媽媽，可是卻被媽媽的表情嚇壞了。母親的臉嚇得扭曲，冷汗不停從額頭上流下。無數滴汗水順著媽媽的臉部輪廓落在地上，在鈴聲中，粉碎。

那串叮鈴鈴的聲音，來自於頭頂。

瑩瑩下意識的抬頭，她居然看到掛在房間正中央，那本應該是壞掉的風鈴，響了。沒有風，猶自在房中響個不停。

叮鈴鈴，叮鈴鈴。

像是有無形之物，在不斷的碰撞青銅八角風鈴的身體。

「媽媽，風鈴沒有壞嗎？可到底是什麼在撞擊風鈴啊。」瑩瑩害怕了，她用力搖了搖媽媽僵硬的身軀。

媽媽頓時被驚醒過來，她打了個寒顫，猛地撲到座機電話前留言給父親的BBCall：「老公，風鈴響了。」

接下來媽媽的行為，更是讓瑩瑩不知所措。媽媽不停在房間裡踱步，走來走去。屋內的風鈴響了一會兒後，又陷入了沉寂中。這令母親越來越不安。終於，媽媽忍不住了。

她找來一些鹽巴，在八角風鈴的正下方撒出了一個不大的圓圈，吩咐瑩瑩：「瑩瑩，姐姐有危險。媽媽出去一趟。無論如何，都不要離開這個圓圈。記得，無論如何。」

瑩瑩被媽媽焦急的語氣嚇傻了，她傻呆呆的被媽媽抱入圓圈裡，一個勁兒的咬緊牙關努力不哭出來。

她不明白為什麼壞掉的風鈴一響，姐姐就有危險？

媽媽心急如焚的來到門前，將十多根鐵鍊全都解開，打開了門。她在門口躊躇了片刻，沒敢回頭看自己的小女兒：「瑩瑩，如果媽媽回不來了。要好好聽爸爸和姐姐的話。要乖乖的。好嗎？」

瑩瑩瞪大了眼睛，懵懂的點點頭：「瑩瑩一直都有乖乖的。」

「對。瑩瑩最乖了，瑩瑩最乖了，都是媽媽的錯，全都是媽媽的錯。」媽媽哭了出來，她不敢哭出聲，只能任眼淚流個不停。

媽媽的背影消失在了門外，鐵門合攏了。在地上殘留了一片濕濕的痕跡，那全是媽媽的眼淚。

六歲的瑩瑩太小，有太多不懂的東西。她不明白媽媽為什麼會哭，為什麼她會說自己會回不來。

她不懂的東西太多，太多。無數年來，瑩瑩都希望媽媽錯了。但是，媽媽的最後那句話，卻對了。媽媽，再也沒有，回來。

一個小時後，爸爸跌跌撞撞的回來了。

沒有姐姐，沒有媽媽。只有爸爸一個人失魂落魄的打開地下室的鐵門，回到了家裡。

「走！」爸爸滿臉疲憊，開始胡亂的收拾東西。

瑩瑩忍不住問：「爸爸。媽媽和姐姐呢？」

爸爸手一抖，沉默了一下：「媽媽為了救姐姐……」

爸爸的喉嚨堵住了，好不容易才說出那六個字：「已經，回不來了。」

瑩瑩沒聽明白。

「瑩瑩，我們快走。」爸爸迅速收拾好物品，轉頭一看，又將瑩瑩頭頂上的八角風鈴摘了下來。

「我們要去哪兒？」瑩瑩有股不詳的預感：「不等姐姐和媽媽了嗎？」

「不等了。」昏暗燈光下，爸爸的眼睛泛著一股水氣光芒。爸爸是在哭嗎？可是爸爸經常對她說，男人是不會哭的。無論再痛苦再難受，男人都不會輕易哭。

可如此堅強的爸爸，現在卻在哭。

到底媽媽和姐姐身上，發生了什麼。苦難會令一個小孩子迅速的成長。剛剛六歲的瑩瑩，不懂得太多，但是懂的東西也太多。

她也想哭，她鼻子酸得難受，她喉嚨癢，她的心口痛。但是瑩瑩拚命的、拚命的，全部忍住了。因為爸爸也在努力的強忍著。她不能讓爸爸更加的痛苦。

所以聰明乖巧的瑩瑩，沒有再多問一句話。她從潔白的鹽圈中走出來。她牽著爸爸的手，剛要和爸爸出門。

就在這時，鐵門發出了震耳欲聾的瘋狂撞擊聲。有什麼東西，在使勁兒的撞門。不停的撞。門背後的鐵鍊「唰唰唰」的響個不停。門閂眼看就要壞掉了。

爸爸撲上去，將鐵鍊全部鎖上。說時遲那時快，在來自外部，又一次巨大撞擊中，門閂瞬間壞掉。只剩鐵鍊還牢牢的將門捆住。

撞擊在繼續，在歇斯底里的巨大響聲中，瑩瑩驚恐的看到牢固的鐵鍊竟然在根根斷裂。門，再也無法支持多久。

女孩嚇得小臉煞白。

爸爸反而冷靜了下來。他將簡單的行李揹到背上，將鋼架床掀開。瑩瑩瞪大了眼睛，床下竟然有個狹小的洞。

「進去。」爸爸吩咐著，讓瑩瑩在前邊爬，自己在背後斷路。

洞真的太小了，只能供一個不太胖的大人艱難的趴著。而對身軀小小的瑩瑩而言，爬得還算輕鬆。

剛爬不久，就聽到屋子中隱約傳來門破裂的響聲。自己住了一年半的房間內，陰風呼嘯，無數的傢俱被拋起之後攪碎、落地。劈哩啪啦的響個不停。之後，從背後傳來了一股陰冷刺骨的風。那股風如同刀般，刺入了隧道。隧道中的溫度降了下來，洞壁甚至在幾秒之內，就有了結冰的跡象。

爸爸猶豫了片刻，將八角風鈴取了出來，遞給瑩瑩：「瑩瑩乖，搖動風鈴。只有妳能夠，搖動這只風鈴。」

搞不清楚狀況的瑩瑩將風鈴接過來，用力一搖，一串清脆的金屬碰撞聲頓時響徹整個隧道。剛剛陰寒無比的風，立刻便消失了。

爸爸鬆了口氣，吩咐道：「繼續爬，咱們快點逃出去。」

每一次一旦有陰寒的風吹來，爸爸就讓瑩瑩搖響風鈴。在風鈴的清脆悶響中，他們花了半個小時，才從隧道中爬出去。

隧道外是一條廢棄的路。

爸爸警戒的望著四周，又掏出一個小氣球，放到空中觀察了一下。微風中，紅色的氣球一動也不動。老爸這才將氣球收回來，將附近草叢中的一堆雜草撥開。雜草下，居然有一輛鏽跡斑斑快要報廢的破舊汽車。

「瑩瑩上車。」爸爸將氣球綁在副駕駛上，示意她快點上車。

就這樣，爸爸和瑩瑩開車離開了他們居住了一年半的城市，在公路上行駛。車一直往前開，在漫無邊際的高速路中，毫不停歇。

瑩瑩看著車窗外不斷閃過的風景，眼睛酸酸的。一年半前來到這個小城市時，還有媽媽和姐姐伴著。可現在，只剩下了爸爸。

自己的家，到底怎麼了？為什麼有東西追殺他們。姐姐和媽媽，死了嗎？

「姐姐沒有死。」也許是猜到了瑩瑩腦袋瓜中的想法，一直沉默的爸爸開口說話了。

「真的？」瑩瑩欣喜的抬頭：「那媽媽呢？」

「媽媽代替姐姐，回到天上去了。」爸爸深深嘆了口氣：「所以姐姐安全了。她去了最安全的地方。擺脫了妳跟媽媽的厄運。」

「媽媽去了天上？天上不是只有雲和天空嗎？」瑩瑩偏著小腦袋：「難道雲裡邊有住的地方？」

爸爸沒有回答。

沉默在車中瀰漫。

「爸爸，我們現在去哪兒，去找姐姐嗎？」既然姐姐已經安全了，瑩瑩想，或許爸爸是要去找姐姐了。聰明的她，哪怕再好奇，也沒有再問媽媽的事。

「我們不找姐姐。」爸爸的視線在窗外，射出了很遠，遠到遠山外的黑暗天際：

「我們回風嶺鎮。」

「風嶺鎮？」瑩瑩對這個地名很陌生。

「對，風嶺鎮。那是爸爸、妳、姐姐還有媽媽的故鄉。我們去找妳的外公。還有一個人。」爸爸說：「只有那個人，能救妳。」

望著爸爸開車的背影，六歲的瑩瑩忍住了內心的許多疑問。黑暗的山澗路上，她很想很想媽媽和姐姐。媽媽去了天上，還會回來嗎？姐姐，又去了哪兒？

瑩瑩隱隱覺得，或許媽媽永遠也見不到了。

「爸爸終究還是沒有躲過那一劫，在風女嶺頂的牌樓下，他用他的命換了我一命。而昏迷的我，被外公救了起來。」站在八角風鈴建築上的瑩瑩，一直抬著腦袋，忍住哭：「我的命是爸爸換來的。我不能死。從此以後，我才真真實實的明白，風，對我而言究竟是怎樣的，人生噩夢！

「所以我堅強的活著！這麼多年來，我活在每一寸大氣流動的縫隙中。我躲避著每一絲氣流的攪動……

「我要活下去，無所不用其極！因為，我的命，是父親用死亡換來的。無論有多麼骯髒齷齪，我都要遵照他的遺言活下去！而強大的求生欲望，本就是我們家族的傳統。」

瑩瑩講完了自己的故事，眼神落在了元玥身上：「姐姐，我找了妳好久好久。十幾年來，我抽絲剝繭，從離開的城市一直查。終於查到了妳被收留的資訊。妳記憶全無，和養父母一起去了英國的曼徹斯特。」

「怎麼可能！」元玥在她的視線中，猛地退了好幾步。

「怎麼不可能。風的詛咒，最終不還是找到妳了嗎？妳現在離不開風嶺鎮的古邊界，對不對？」瑩瑩的語氣一頓：「只有被詛咒的風嶺鎮本地人，才無法離開。如果妳不是本地人，為什麼沒法走出去？」

元玥喉嚨動彈了幾下，沒有出聲。她實在無法接受一直很愛自己的父母是養父母。她接受不了瑩瑩說的一切。

瑩瑩沒有逼她，轉而看向我：「夜不語先生，你恐怕也有許多的疑問。我簡要的說一些吧。曼徹斯特和姐姐一起住的兩個華人女孩——」

「孫妍是妳的人，對不對，是妳派她去接近元玥的？」我打斷了她的話：「孫妍的真名，應該叫嚴巧巧。是風嶺鎮本地人，在她最低潮的時候，妳拉攏了她？」

瑩瑩稍微有些吃驚：「你已經猜到了？」

「猜到了一些。那麼三樓那個叫做榮春的女孩呢？」我問。

瑩瑩摸了摸自己秀麗的黑長髮：「那個女孩，我也一直在調查。她在三年前，讀風嶺中學的高三。有幾個好朋友。可是不知為何，突然有一天就變得神秘起來。我懷疑，她就是風嶺鎮中一個叫做風之神組織的領袖。」

元玥吃了一驚：「榮春不是死了嗎，她腸穿肚爛，死得很慘。」

「曼徹斯特接近姐姐的那個榮春，並不是真的，而是她特意派過去的人。」瑩瑩搖了搖腦袋：「事實上，也是那個女孩將死亡通告的詛咒帶給姐姐的。她破壞了媽媽用命換給妳的保護，讓風，找到了妳。」

「風，風，又是風。到底是什麼風在追殺我們，要我們的命？」元玥憤怒的叫道。

瑩瑩苦笑：「事實上，我也不太清楚。十多年來，我也一直在調查。」

「榮春，建立風之神這個組織，究竟是為了什麼？」我問。

瑩瑩繼續苦笑：「這個我也搞不懂。」

「但是我要的那個東西，其實並不在元玥手中，而在妳手裡。對吧？」我沒再繼續問，只是瞇著眼睛。

瑩瑩大方的承認了：「沒錯，姐姐手裡的那個東西是假的。也是我將你的資訊留在了曼徹斯特的假榮春的肚子中，讓姐姐找到。如果你想要得到那東西，就只能將我救出來。」

被她這番鏗鏘有力的強詞奪理弄得摳了摳腦袋的我，最終只能嘆了口氣。和瑩瑩的交談不多，但是這個女孩求生的欲望極強，意志也無比堅定。看起來柔柔弱弱的軀體下，蘊藏的是可怕的瘋狂。

為了活下去，她可以不擇手段。對她威逼利誘根本沒用，只能答應她的條件。

八面牆壁，八只八角風鈴。在這個被風詛咒、被風拋棄的城市中。誰得到的八角風鈴越多，就越能驅使強大的風、讓風做任何事情。

而只有找到那八只特殊的八角風鈴，才能將瑩瑩救出去。我，才能拿到那個東西，去救沉睡且越來越痛苦的守護女李夢月。

最重要的是，這背後還有一個隱秘的聰明敵手。她叫榮春，現在自稱風之神，起初在曼徹斯特的時候就想要咒殺元玥。而且最近風嶺鎮的經歷，我發現不知為何，她，不想有人將瑩瑩放出去。

為此，這個神秘的榮春偷偷的發展勢力，不擇手段，妄圖奪取更多的八角風鈴。奪取更多驅使風的權利。

「當那個榮春掌握了全部的八角風鈴，她應該就會驅使風殺了我。」瑩瑩的視線劃破天空，落在了山坡下的風嶺鎮中。

「榮春就在風嶺鎮。夜不語先生，為了你想要的那東西。姐姐，我死了，妳也活不了。為了活下去，你們倆要努力，將那個人揪出來，得到更多的風鈴。」瑩瑩低頭，衝我倆深深的鞠躬道：「拜託了！」

第九章 真實的塔防遊戲

猶太人有一句哲理，大意是，這世上有許多東西，都是需要付出努力才能奪得。但是如果你盡力了，也得不到。那麼那一樣事物，或許並不適合你。

確實，這世上蠻力和努力確實可以解決大部分的問題。但假如一件事超出了蠻力和努力能夠觸及的範疇，那該怎麼辦？

很簡單，換個方法，靠智力去解決它。

「我們收集幾個了？」一個昏暗潮濕、密不透風的小房間中。幾個女孩子湊在一起，掰著手指數桌子上的東西。

在這個大約只有三坪大的空間內，除了幾張椅子和她們身前的桌子，便空無一物。桌子上，擺著四個用黑色油紙袋牢牢密封起來的包裹。

其中一個面容姣好的女孩托著下巴，無精打采的回答：「四個了。」

「很好，有四個了。」另一個面容普通，但是眼神裡泛著靈光的女孩興奮道。

「榮春姐姐，我們還要收集幾個八角風鈴啊？」無精打采的那女孩問。

「總共八個風鈴，我們再收集兩個，就能解除風嶺鎮的危機了。」榮春，那個面容普通的女孩回答。她瞥了發呆的女孩一眼：「凱薇，妳在想什麼？」

「沒什麼，只是有一些不好受。」發呆的女孩，竟然就是高三二班害死了自己好友的凱薇。女孩一臉的難受。

榮春笑了笑：「還在想吳彤的事？別傻了，妳救不了她。」

「我知道我救不了。」凱薇笑得很苦澀：「我只能把風鈴收回來，至少，還能用風鈴去救戴立。」

「好了，不說難受的事情了。人也到齊了。」榮春拍拍手：「我們是風嶺鎮解放小組，代號風之神的計畫，馬上就要啟動了。只要再集齊兩枚八角風鈴。」

房間裡端坐了四個人。

「我是榮春。」坐在第一位置的榮春在空中比劃著「代替月亮來解放你」的姿勢：「組長。」

第二個女孩緊接著喊道：「呼哈，我是副組長張萌。」

「我是隊員凱薇。」

「我是隊員龔娜。」

榮春的手在空氣裡一抓：「我們的口號是？」

眾女孩一起喊道：「解放風嶺鎮，報復傷害我們的人。為我們的朋友和家人報仇。我們是風嶺鎮解放小組！為了報仇，為了活下去見到父母。我們，什麼都不怕。」

四個女孩喊完口號，紛紛面面相覷，接著大笑起來。笑得花枝亂顫，笑著笑著，所有人都笑出了眼淚。最後哭成了一團。

每個女孩，背後都有自己的故事。只有被傷到了極點，才會在自娛自樂中流露出不堪的苦痛。只是那份苦痛在痛苦的經歷中根本不值一提。曇花一現的感情流露陸續被收斂後，榮春嘆了口氣：「接下來，就進行我們的行動吧。」

長相甜美的張萌似乎是這個小組織的秘書：「凱薇已經將我們組織的名字和位址，借著吳彤事件，告訴了風女的姐姐。」

榮春摸著下巴：「是真的名字和位址？」

「是的。榮春姐姐妳自己說要虛虛得實。因為那兩個人不好糊弄。」凱薇回答。

榮春點點頭：「對，風女的外援，特別是那男性，有點棘手。我調查過他，這個人不簡單。」

「他智商再高，也高不過榮春姐姐妳。妳可是怪胎呢。」龔娜撇撇嘴：「計畫快點完成，我好逃出風嶺鎮，找向東那個混蛋血債血償。」

榮春謹慎道：「我雖然確實是怪胎，但是風女的外援也不少。我們得謹慎些。八個八角風鈴。風女那兒有兩個，我們手裡有四個。還有兩個不知所蹤。所以，我們能夠驅使大部分的風的力量。

「陷阱方面，要從多方面考慮。最好能有效的殺掉風女的外援。」榮春不停的敲著腦袋思索：「凱薇，妳直接跟那兩個外援接觸過。妳去引誘他們儘快踏入陷阱。」

「收到。」凱薇不倫不類的行了個軍禮。

「哎，還是算了。單純的陷阱，對付他們可能有些困難，甚至會把妳賠進去。」

榮春擺了擺手，突然沒來由的問：「妳們愛不愛玩遊戲？要不要跟我玩一場塔防？我一個對妳們三個。」

「不要！」其餘三個女生立刻搖頭。

「不要就不要吧。」榮春撇撇嘴：「那我，就跟那兩個外援玩玩。」

□

有人說，大部分中國人的人生，都是一場從負數努力往零掙扎的競賽。有的人看著腳下負一百分的泱泱人海，慶幸自己能從負五十分跨出第一步。可是他卻始終沒想過，他認為的人生高點，也不過是另一個人的起點。

這個世界，從來沒有公平，也從來沒有公平過。一切宣傳公平的社會，都只保持表面而已，消滅了人性。公平，維持不了多久，就會被人類的本能推翻。萬年來，不斷重演。

榮春等人，在風嶺鎮的這場八角風鈴搶奪戰中，一直認為自己至少是站在負五十分開始起步，努力在朝正數邁進。

可是她們全錯了，從一開始就錯得十分徹底。因為我和元玥站的高度不同，那就決定了我的視角也不同。她們那場團體小會議，被我用手機偷窺得一清二楚。

看完我手機裡直播的所謂「風之神」會議後，元玥驚訝得張大了嘴巴。

「你是什麼時候，在榮春的組織裡安插進內線的？」她覺得只能這麼解釋，才解釋得清楚我的手機上，為什麼會有如此驚人的影片。

我聳了聳肩膀：「我沒有啊。」

「這還叫沒有。」元玥放大了聲音：「沒有的話，為什麼我們能夠看見榮春她們的會議？」

「很簡單，哥有技術支援，不是一個人在戰鬥。」我笑嘻嘻的說：「我家裡有一隻六歲的小蘿莉，她超級厲害。電腦技術一流，特別是構建人工智慧程式和量子結界領域。」

「你說的話，我一個字都聽不懂。」元玥揉了揉耳朵。

「簡而言之，妳只需要知道，當我發現凱薇有問題，而且我又有她的電話號碼時，就非常簡單了。我要我家的小蘿莉入侵電信商的基地臺，定位她的號碼位址。」我儘量解釋得很簡單：「家裡的小蘿莉編寫了自動化程式，攻擊凱薇手機信號所在範圍裡的一千多臺路由器，並製造了三百多隻肉雞。只要凱薇一連上網路，那麼可以和她的手機聯通的肉雞就會自動檢測確認她的身分，並植入病毒。」

元玥又被一連串的專有名詞弄石化了：「還是沒聽懂。但是感覺是很強大的黑科技。」

「沒聽懂沒關係，總之我家小蘿莉在跟我解釋的時候，我也沒弄懂。」我敲了敲桌面：「So，總之透過軟體。我隨時可以打開她手機的鏡頭偷窺她究竟在幹什麼，而又不會令她發覺。」元玥沉默了一下，她似乎在思索著什麼。

「你怎麼看她們那四個女孩？」其實對這個所謂「風之神」的組織，自己非常驚訝。會議上的許多話，都超出了我的想像，甚至推翻了我之前的猜測。

四個女孩組成的抵抗社團。她們在抵抗什麼，她們想要解放什麼？難道她們清楚風嶺鎮古邊界的底細，甚至知道採用什麼辦法才能逃出去？

我百思不得其解。這四個人顯然都有自己背後的淒慘故事，並不是一味的惡徒。

元玥偏頭思索了片刻：「我覺得，她們四人在策劃的事情，會很可怕。」女孩子通常心細，她往往會從別的方向尋找問題的答案：「她們嘴裡的風女，大概就是瑩瑩。說到這裡……」

元玥突然語氣一轉：「對了。夜不語先生，你玩過塔防遊戲嗎？」

「手遊塔防倒是玩過一些。」我對遊戲不怎麼感興趣。

「既然榮春在會議最後，聲稱要跟我們玩一場塔防遊戲。那麼，咱們倆先來推演一下，究竟她要怎麼做，才能把遊戲完成。」元玥一邊想些什麼，一邊抽出一張衛生紙，扯下八個碎屑，捏成團：「試想，這八個紙團，就是咱們兩方都必須得到的八個八角風鈴。其中，這個是瑩瑩所在的古建築。」

女孩把紙盒放在桌上作為定位點，然後掏出四張紙團放在桌子的邊緣，繼續道：「按照她們的說法，其中四個在榮春手裡。」

四個紙團代表了榮春四人的位置。

「有兩個在瑩瑩手中。」她又將兩團紙放在紙盒裡。然後把剩下的兩個紙團隨手一扔：「最後兩個，行蹤成迷。」

「夜不語先生，至今我們都還有太多不清楚，但是瑩瑩又不告訴我們的東西。所以我們只能推測和猜測。」元玥臉色凝重：「假如榮春要跟我們玩一場塔防遊戲，那她到底想先怎麼玩？」

我摸著下巴：「既然是塔防，那麼就有攻有守。這些稍微知情的傢伙，榮春也好，瑩瑩也罷，似乎都清楚八角風鈴的用途。」

「既然瑩瑩說過，每多得到一個八角風鈴，就能多驅使一份風之力。鬼知道那該死的風之力到底是啥鬼東西。但是據此推測，它應該可以比喻為塔防遊戲的攻擊棋子。」

元玥深以為然：「沒錯。攻擊棋子有了。之後便是塔防遊戲肯定有的基地。雖然是兩個勢力，但塔防遊戲中，攻擊方往往是沒有基地的。有基地被動攻擊的，只有守方。」

我指著自己的鼻子：「我們肯定是守方。我們是守塔人。」

說完把右手食指輕輕點在了桌子正中央的紙盒上：「瑩瑩所在的建築，就是不能被打破的基地。基地沒了，我們也失敗了。」

現實不是遊戲，光從這一點看，榮春絕對是個怪胎。她準備用玩遊戲的辦法，來設圈套。而且我們還不得不鑽進去。

瑩瑩一直都沒有猜錯，四個女孩組成的小團體，確實因為我現在還不知曉的緣由，想要毀掉古建築，殺掉瑩瑩。

難道，她們認為風嶺鎮三年苦難的源頭，就是瑩瑩嗎？

自己和元玥被困在這只能進不能出的小鎮，已經有些日子了。越待下去，陷得越深。我在鎮內近乎無資源，得不到任何有用的線索。風嶺鎮，處處謊言。

我只知道，深深的危險，就在近在咫尺的地方。自己和元玥，隨時會掉入萬劫不復的深淵裡。

「必須儘快找到剩下的兩個八角風鈴。」我躊躇片刻道：「既然兩邊都在搶這玩意兒，或許，這東西有某種無可替代的用途。」

元玥眼睛一瞇：「夜不語先生，我一直在想。既然你能監視凱薇的手機。那麼一定也知道她們四個的位置。你為什麼寧願尋找失蹤的那兩只風鈴，也不願搶榮春手裡的那四個？」

「沒什麼，只是有種不好的預感罷了。」我瞅了她一眼。

「你覺得榮春的那場聚會是個陷阱？」她問。

我搖頭：「聚會不像是假的。」

元玥眼珠子一轉：「你得到風鈴後，真的會交給瑩瑩嗎？」

「不會。」我再次搖頭。

「為什麼不會？」

「好了好了，這樣一問一答白痴一樣有意思嗎？妳明明就知道答案，卻非得逼我將那句話親口說出來。妳究竟想要證明什麼？」我嘆了口氣，如她所願：「實話就是，我根本，根本，就不相信妳妹妹。」

「她，不是我妹妹。我是元家的人。」元玥冷哼了一聲。

這個女孩的想法真的很矛盾。她處於不斷的自我懷疑中。我見過太多處於這種狀態的人類，每個人最後都變得不同了。有人之後仍舊是我的朋友，有的人，卻變成了敵人。

我對這樣的人是十分警戒的。

在風嶺鎮這個系統潰爛，人性崩潰的都市中，四個看起來人畜無害，甚至還有些搞笑的年輕女孩都能組成邪教似的社團，輕鬆愜意的說要殺死誰誰誰。

自己實在搞不懂，在生存的壓力下，還能相信誰。

元玥確實有自己的小心思，她沒再繼續說明顯低於智商的話。只是看了看錶：「夜不語先生，你似乎在等什麼。」

「我在等一樣東西。」我也看了看錶：「如果是真的塔防遊戲，那麼攻擊時間應該是能顯示在螢幕上的。」

「可惜這可不是真的遊戲。」

我撇撇嘴：「我倒覺得，榮春會將現實當作遊戲玩。她，一定會給我攻擊時間。畢竟她自稱是怪胎。」

元玥有些不相信。

可是還沒等她張嘴反駁，我的手機就發出了一陣響聲。有一封電子郵件，到了！

「是凱薇發來的。」我將郵件打開，突然笑起來：「這個小妮子還真可愛，要我們去救她。」

元玥無語道：「一個害死班上那麼多同學，背叛好友，甚至害死好友的人。你還說她可愛。」

我聳了聳肩：「去她給的位址看看，我倒是想知道榮春準備怎麼玩塔防。順便說一句，她給的位址，跟我定位她手機的位址，是同一個位置。」

「也就是說，她在那裡等我們？」元玥吃驚道：「她們想幹嘛，凱薇居然把自己當成了誘餌。」

「誰是誰的誘餌，這可說不清。」我淡淡道。自己的視線從酒店窗戶，飛入了天際。瑩瑩說，風嶺鎮是被風詛咒拋棄的城市。但是按常理想，被什麼東西拋棄，那麼就不應該有什麼才對。

但是風嶺鎮卻從來不缺少風的吹拂。這座深山中的小鎮，氣候愜意，風景迷人。除了三年來兩千多個本地居民無法自由出去外，和別的地方並沒有什麼不同。但是顯然，整座小鎮留下的大人們，都在對小孩，對外地人隱瞞了某些東西。

每個本地大人，都對待久的外地人隱晦的流露出敵意。

既然風嶺鎮的古邊界是數千年前就存在的，那麼，這座城市千年來，肯定隱藏著某種可怕的秘密。挖掘出了這個秘密，就能知道八角風鈴的功能。

我和元玥出了門，找了兩輛單車騎到路上。風嶺鎮的社會功能不全，在這些天中我已經吃盡苦頭，感觸良多。招計程車，還不如騎車便利。

風刮在臉上，很舒服。但在我的視線中，那些行走在路邊上的大人們，卻避之不及。風拂動女人們的髮梢、掀起女人們的裙角、撫弄男人們的衣襬時，每個人的臉上，都會流露出深深的恐懼。

我對此饒有興趣。

一旁騎車的元玥看了一會兒，偏頭又看向我：「夜不語先生，其實你可以一個人走的。為什麼非要攪和在這件事中。你是外地人，可以自己離開古邊界。」

「很簡單啊，妳找我的時候，我就已經說得很明白了。我要得到那個東西。」我微微一笑。

「那東西，對你真的很重要？」她眉毛抖了兩下。

「確實很重要，非常重要。我曾經把那個東西給了一個女孩子，至今，自己都不清楚是對是錯。我甚至搞不懂，妳妹妹是怎麼將它弄到手的。」我嘆了口氣，回憶的潮水瘋狂的湧來後，又被自己的理智掐死在了岸上。

「她，不是我妹妹。夜不語先生。」元玥看我的眼神有些古怪：「夜不語先生，我覺得你這個人真的很怪。高智商，聰明又帥氣。對女孩子也很好。一定有許多女孩喜歡你吧。」

「喜歡我的人，幾乎都死掉了。」我語氣有些發苦。

元玥笑起來：「你，真會開玩笑。」

「我一點都沒有開玩笑。」

見我神色嚴肅，元玥仍舊笑著：「你從來沒告訴我，你為什麼要那個東西。但是女人從來都是敏感的生物，我猜，你是為了某個女人，對吧？」

「確實是為了一個女人。沒有那東西，她很可能活不長了。」一瞬間，那白衣如雪，黑長直的絕麗容顏滑入我的腦海。從來，都是她站在我身前，替我擋住一切危險。

只要有她在，無論相隔多遠，無論落入何種險境。我都會非常安心。

但是這樣的她，卻倒下了。無論如何，這一次，都應輪到我，去保護她。

「看得出來，你很愛她。」元玥低垂下腦袋，心事重重：「她很漂亮？」

我點頭：「很漂亮。」

「是，你的妻子？」

「好了，好了。打住！」我猛然停住了單車，就這麼停在了路中間：「妳的話好奇怪。知不知道，妳的旗都豎起來了。」

元玥愣了愣：「什麼旗？」

「妳沒看過電影嗎？每一部小說、每一場電影，總是有這樣的人。」我掰著手指數起來：「戰爭結束後，你就跟我結婚吧；只要我活下來，我們生兩個小孩吧；我逃出了這裡後，一定要辭職；我想看看世界；這件事結束後，我要到遠方。」

我看著她的眼睛：「每次說出這些話的人，旗子都豎了起來。全死了。」

「現實又不是電影和小說。」元玥被我的話逗得哈哈大笑，笑得細細的腰肢飄搖。

我的視線從她身上移開：「可是現實比小說和電影都殘酷，殘酷得多。」

說完，自己將單車靠在牆壁上，示意元玥也下車。凱薇給我們的位址，到了！

第十章 無法折斷的陰謀

有些東西，沒人想得到。

例如身為敵人的凱薇，並沒有作為敵人的自覺。她給了我一個位址，我本以為是陷阱，引誘我和元玥跳進去的陷阱。

但是那個位址實在是太普通了，位於風嶺鎮市中區的一棟六層樓高的老舊建築的六樓。那棟樓，基本上是廢棄狀態。

其實風嶺鎮的現狀就是，由於三年前一場所謂的「死亡通告」詛咒的緣由，大多數非本地人都離開了。而離不開的，是兩千多個被古邊界的風殺陣死死困住的本地原生居民。

因為大部分人都離開了的緣故，許多住宅都空了出來。沒有人住的屋子，如同沒有生命的一坨鋼筋水泥混合物。在時間中，逐漸老化，骯髒。

六樓，606室。這就是凱薇待著的地方。我抽空看了看手機，發現凱薇的位置並沒有變。GPS 定位顯示，她就在樓上等我。

風嶺鎮由於人口減少，基地臺有一大部分被關閉了。訊號變得斷斷續續，我甚至無法偷偷打開凱薇手機上的鏡頭窺視。

「我們是直接上去，還是有什麼計畫？」看著黑漆漆沒有任何燈光的梯間，元玥縮了縮脖子。

我搖頭：「不用，我們直接上去。」

「什麼都不用計畫？」元玥吃驚道：「你看電影電視裡，這種明知道會被栽贓的陷阱，不是都需要一個人把風，一個人進去冒險嗎？」

「妳都說是把風了。」我撇撇嘴：「妳自己仔細看看，這棟建築的格局！老舊的樓，只有一個出入口。每一層每一扇窗戶，都被鋁合金安全窗封閉了起來。一旦走進去，除了大門，就沒辦法離開。

但這並不是不需要人把風的理由。

我望了望四周，偷偷露出身上隨身攜帶的偵探社配給的手槍。元玥愣了愣：「你居然有槍！」

「所以我不需要妳在門口，妳直接跟我進去，在我背後隨時注意有沒有異常情況。」我壓低聲音：「畢竟在這棟只有唯一出口的地方，哪怕是陷阱，身為誘餌的人也有可能深陷自己的陷阱裡。榮春四個人沒有任何特殊能力，按照我得到的資料推測，她們或許能借用八角風鈴以某種形式驅使風。

「但是很奇怪，她們主動斬斷了這個可能。」我環顧四周：「六層高的大樓，周圍全是更高的樓。密不透風。就算是風能吹過來，也進不了樓。無法驅使風的四個人，不過是普通女孩而已。我一人一槍能應付。」

自己其實內心也在忐忑不安。那個榮春，究竟想搞什麼鬼。但是接下來的一幕，令我和元玥更加的無法理解，甚至難以接受。

我們小心翼翼好不容易進了606室。一路沒有任何危險，也沒有遇到任何人。推開門，偌大的房間，同樣沒人。只有一張不久前才特意拖到房間正中央的木頭桌子。桌子上擺放著四個風鈴，和一支手機。

四個八角風鈴，而手機……

我撥通了凱薇的電話。桌子上的手機便亮了起來，顯示著我的號碼。

「夜不語先生，這是怎麼回事？那些女孩，到底想幹嘛？」元玥同樣理解不能。她轉動僵硬的脖子，沒有擅自走入房間，更沒有伸手去拿桌子上的風鈴。她只覺得冷，刺骨的陰冷。榮春等人反常的行為，讓她覺得詭異到通體發寒。

我也非常意外。為什麼榮春，將她們手裡收集到的四個風鈴都留在這兒，讓我們來拿。甚至將凱薇的手機留在了桌子上，意思是她們已經發現這支手機有問題，也知道我偷窺到了會議的內容。

可，哪怕我腦子繞了幾個彎，想不明白榮春的計畫。留給我們風鈴，到底又有什麼陰謀？

我愣了沒多久，便進入了屋內。仍舊沒有伸手去接觸風鈴，只是繞著桌子，不停的打量。

「這些八角風鈴，都是真的嗎？」元玥問。

我點了點頭，語氣中流露出積累過量的意外：「是真的。妳看風鈴的那個位置。」

自己指了指風鈴的八個角。每一個角上都浮刻著一個甲骨文的風的文字。與元玥臂部上的符號一模一樣。瑩瑩說得沒錯，這些風鈴只要看到，就能立刻識別真假。那些雕刻上去的「風」符，哪怕是現代工藝也難以作假。

「把重要的風鈴全部給我們，這算是什麼陰謀？」元玥摸著額頭，顯然眼前的事情超出了她大腦能處理的範疇。

我卻苦笑起來：「所以那個榮春，才真的是不簡單。明知道這個是陰謀，但是我們偏偏無法不跳進去。我能確定，只要拿了這些風鈴，我們肯定會遭遇不好的東西。而事態發展，也會朝著對榮春有利的方向。可是，我們根本沒辦法拒絕。」

「所以，最好的辦法是，把風鈴扔在這裡，不拿走？」元玥望向我。

我搖頭：「全部拿走。」

「可你不是說這是陰謀嗎？」元玥急了。

「相信我！」我加重了語氣。女孩沒再開腔，她聽話的取出一個黑色的袋子，小心翼翼的不接觸到風鈴本體，將四個八角風鈴全裝了進去。這是瑩瑩慎重吩咐了許多次的流程。八角風鈴，絕對不能直接接觸。

禁忌之所以是禁忌，肯定有道理。雖然我也不清楚，瑩瑩的警告，是不是也是一種矇騙。

風嶺鎮中的一切，都令我摸不著頭腦。每次的行動全是激動著去，然後用力一拳打在棉花上，心裡焦躁憋屈得很。

取走風鈴的我和元玥，順利的走出了散發著死氣的大樓。

「下一步怎麼辦？把八角風鈴交給瑩瑩？」元玥看著樓下荒無人煙的鎮中心的街景，有些恍惚。

我同樣有些恍惚，甚至滋生出了許久都不曾出現的，不知該如何做的感覺。榮春自稱怪胎。不，她絕對是十足的高智商怪胎。在這一次的對局中，自己顯然已經輸了一步。

她將八角風鈴留給我們，顯然就是為了讓瑩瑩得到這些風鈴。可如此一來，簡直就沒有道理了啊。榮春派人去英國咒殺元玥。一直以來都以阻止瑩瑩得到八角風鈴的形象出現在我們的視線中。

為什麼一切突然都變了。變得要主動把八角風鈴給瑩瑩？究竟裡邊有什麼陰謀？瑩瑩得到了這四只風鈴後，又會發生什麼？我百思不得其解，也完全無法預測。

可無論如何，自己的下一步，很重要。這關係到……

想到這兒，我突然渾身一震。不對，似乎有極為關鍵的一環，被我忽略了。風嶺鎮這兩方勢力，無論是瑩瑩，還是榮春，她們的行為都在努力的讓我不要意識到那一環的存在！

不！不對！或許她們也根本，沒有意識到缺少的那一環。

我眯著眼睛，猛然抬頭，對元玥說：「走。我們先去風嶺中學！」

元玥摸了摸長髮：「去風嶺中學？」

「去了妳就知道了。」我斬釘截鐵道。扶起自行車，率先往前使勁兒的騎。

元玥顯然對我的行為摸不著頭腦，只好跟著我去了。

蕭條的街道蔓延著說不清的氛圍，整個風嶺鎮，都陷入謊言和恐懼裡，無法自拔。

根據我一直以來收集調查的資料顯示，風嶺中學，是最開始瀰漫起恐慌的地方。而死亡通告的詛咒開端也正是那所學校。

自從來到風嶺鎮後，我就一直被所有人所有事誤導。是時候到死亡初始地瞅瞅，將全部線索連接起來了。

在一個鋪滿灰色調的城市裡騎自行車，很折騰人。風穿行的街道中，每一個和你擦肩而過的人，似乎都對你擁有敵意。他們看你的眼神，永遠都是不善良的。其實，我心裡明白，每個風嶺鎮的人都在努力的尋求自保。他們，並沒有惡意。只是在危險的封閉環境裡，如同隨時都會攻擊的野生動物般恐懼。

在這兒待得越久，我的神經，也會跟著越緊張。作為外來人，本地居民不會和你搭話。更無從套話。有時候我都覺得奇怪，他們，究竟是怎麼分辨外地人和本地人的？難道每個人的背上，都有一張只有本地人才看得見的標籤？

從鎮中心到廢棄的風嶺中學，並不算太遠。路上車不多，騎車十五分鐘便到了。我和元玥又一次看到了那鏽跡斑斑的大門，以及可怕的，擺著一口黑漆漆棺材的警衛室。

遠遠的注視著空蕩無人的警衛室，元玥似乎又想起了不久前的驚魂一幕。不由得打了個寒顫。

我瞅了瞅一人高的鐵門，拇指粗的鍊子鎖，把門緊緊地鎖牢了：「我先幫妳進去。」

元玥遲疑了一下，這才踩著我的背好不容易從頂上爬入鐵門內。我在手心吹了兩口氣，搓了搓，也爬了進去。

腳踩在風嶺中學的地面，恍惚間，自己突然像是進入了另一個世界！遠遠比一門之隔的鎮上，更加陰森可怕的世界。彷彿一股無形之力，在驅使著某種只有皮膚才能感受的東西。

是風。

無所不在的風。

陰冷刺骨的風，在這所廢棄的學校裡，變得不同了！

經過一天的忙碌，我這才驚然發現，現在已經到了傍晚。天空的那一輪紅日偏西，斜著拖長陰霾，墜落地球的另一端。

陽光躲避在教學大樓之後，空氣裡，全是壓抑的氣息。

「好難受。」元玥用手揉了揉喉嚨：「這裡的空氣怎麼回事，吸進肺裡，像是要窒息了似的。」

我咳嗽了兩聲，臉色也不太好看。一門之隔的校園內，如同冰冷的地獄。我掏出手機，查了查周圍的濕度和溫度。似乎和外部沒什麼分別，難道那些不舒服的體感，僅僅只是錯覺罷了？

風嶺中學內，肯定藏著某些東西。

「根據我的調查，嚴巧巧所在的高三二班，就是死亡詛咒開始的地方。」風嶺中學那股難受的冰寒，也僅僅只是讓人不好受罷了，並不阻礙我的行動。我帶著元玥進了教學大樓，一邊走，一邊跟她解釋。順便理順我大腦中的諸多線索。

「三年前，嚴巧巧被同學欺負，被人折磨。而當欺負她的人受到懲罰後，卻將事件激化得更加嚴重了。風嶺鎮本地人都唾棄她，覺得她丟了當地的臉。可是直到這兒，我突然覺得畫面感不太對。」廢棄了三年的樓梯上，居然沒有灰塵。可自己卻找不到有人經常打掃的痕跡。我皺了皺眉頭，越往上走，越覺得心臟壓抑難受。

風，不知從哪裡吹過來，四面八方的亂竄。它們流竄在腳步以下，如同水流般湧動。黏稠的風帶著阻力，沾著我的腳，不想讓我繼續往上。我甚至懷疑，如果風再激烈一些，會不會毫無預兆的將自己的雙腿砍斷。

「這有什麼不對嗎？」元玥默默聽著我的話，努力和那些只滋生在堅硬樓梯表面十公分高的怪異的風阻鬥爭。

「任何地方都不對。」我撇撇嘴：「可以懷疑的地方太多了。根據瑩瑩的話，嚴巧巧最後化名孫妍成為了她的助手。剛開始我還在懷疑，是瑩瑩陷害了她，驅使她的同班朋友使勁兒的欺負她。讓她絕望、懷疑人生、甚至失去未來。破而後生後，滋長罪惡，誘惑她入夥。

「但最終，我推翻了這個想法。」

我的語氣一頓，「瑩瑩和榮春兩夥人，三年來似乎一直都處於對立。可是我今天才回過味兒來。事情，根本沒我想的那麼簡單。證據一，瑩瑩絕口不提誰將她關入了古建築中。其實不是她不告訴我們。」

「可她本來就不打算告訴我們啊。」元玥不解道。

「每一次。注意，是每一次我問她為什麼不告訴我，她就顧左右而言他。可是每一次，我都從瑩瑩的眼睛裡讀懂了某些東西。」我淡淡道：「我猜，瑩瑩不是不想告訴我們。而是不能告訴我們。一個人再聰明，都有些小動作。迷惑也好、說好也罷，瑩瑩顯然不是個善於和人交流的人。她的小動作非常明顯。所以，我猜，瑩瑩她自己，都不清楚將她關進去的人是誰。」

元玥大驚失色：「怎麼可能。」

「同理，證據二，嚴巧巧沒那麼笨。就現有的資料看，她不是一個會聽命於陷害她的傢伙的人。這個女孩的報復心很強，否則也不會為了報復所有傷害她的人而黑化，散播死亡詛咒。如果瑩瑩真的是陷害她的人，早就遭到她報復了。」

我舔了舔嘴唇：「嚴巧巧，或許知道些什麼。她同樣不說，也不告訴瑩瑩。至於證據三，榮春四個人，她們每一個都有自己的痛苦故事。痛苦讓她們擁有強大或求生或報仇的欲望。同時也蒙蔽了她們的眼睛。她們為了某種目的，一直在佈局。但，她們佈的局，或許全都佈錯了方向。

「不，不是方向錯了。」說到這兒，我搖了搖頭，推翻了剛才那句話：「她們四人的目的，已經被某些人帶偏了。」

「你指的某些人？是瑩瑩嗎？」元玥臉色難看：「那個女人為了活下去，逃出來，還真是費盡心機。」

「這就是我馬上要說的證據四。」我和她好不容易在越來越大的風阻中，爬上了六樓：「剛剛我曾提及過，瑩瑩，似乎不善於和人交流。但是妳提到過一個網友，而瑩瑩承認了那個網友是她。嚴巧巧的故事中，也有一個網友。甚至，有證據表明的許多個事件中，都有那個利用網路的網友存在。」

我繼續道：「我不認為，那個眾人的網友，真的是瑩瑩。雖然確實有人表裡不一，在真實世界和網路世界完全不同性格。但瑩瑩顯然，做不到這一點。」

「為什麼？」元玥無法理解我的話。

「很簡單。我要我家的小蘿莉入侵她的電腦。瑩瑩跟我一個德行，都是電腦白痴。回收筒亂七八糟，甚至無法熟練的使用windows系統。最重要的是，我找到了她那臺古董電腦中的通訊紀錄，也明白了一些東西。

「例如，妳在英國曼徹斯特的網路，屬於內網。而內地的網路是有牆壁的，她幾次試圖聯絡妳，都因為無法翻牆而失敗了。」

元玥瞪大了眼睛：「可她，最終還是成了我的網友啊。」

「沒有，她根本就從來沒有加過妳好友。妳和她之間，也從來沒有聯絡過。」我冷冷的望著教學大樓六樓的走廊，這條安靜的走廊昏暗、充滿著寂靜。也彷彿埋伏著無邊的危險。

「我們從來沒說過話？什麼意思？」元玥打了個寒顫。

「這就是說，妳跟她，她跟妳，都加錯人了。她認為在跟妳說話，而妳認為那個網友挺搞笑神秘的。」我嘆了口氣：「其實，有某個人刻意夾在了妳們之間。跟瑩瑩聊天的是那個人，跟妳聊天的也是那個人。甚至詛咒妳的那個榮春，或許都是那個人派來的。」

「等等，等等。」元玥被我說得頭都暈了：「你的意思是，有人特意這麼做的？誰會做這種事，榮春她們幾個？」

我搖頭：「不是她們。我說了四個理由，最終只想要證明一件事。風嶺鎮除了兩組鬥得你死我活的人馬之外，似乎還有第三個勢力。他們在幕後驅使著瑩瑩和榮春，甚至包括妳。而目的，不明！」

我的話音落下，風嶺中學高三二班的破舊木門已經出現在了眼前。

「無論如何，證明我所有猜測的證據。恐怕還留在這間教室裡。」

說完後，我用力一腳踹開了那扇搖搖欲墜的木門。

第十一章 無風鬼城

風嶺中學的高三二班，木門脆弱，不知被什麼腐化的千瘡百孔。但是教學大樓最詭異的一點是，明明沒有人清潔的痕跡，但是卻乾淨無比。地面上，沒有任何灰塵。

門鎖著，我用力踹門，結果差點因為力氣太大而跌倒。被穿了無數孔的木門一踢就被我踢成了碎塊。

木屑紛紛揚揚的朝地面落下，可是在接觸到地面之前，稍小的碎屑就以非常奇怪的軌跡被地面的穿堂風吹走了。

我的視線下意識的捕捉著木屑的移動軌跡，最終大驚失色。自己終於明白了整棟教學大樓三年來積累的灰塵去了哪兒。

都被風帶到了這間教室的正中央。

高三二班室內的全部桌椅，木頭質地部分都風化了，僅僅留下堅硬的鐵支架。房間的最中間，所有碎屑、所有微小的塵埃，都由風吹過來，形成了一個碩大的甲骨文「風」的符號。

那個符號在偌大的空曠空間中，不斷往外洩漏冰冷的邪氣。彷彿有什麼不好的東西，隨時會鑽出來。

風形成的符號周邊，是一圈歪歪扭扭的用暗紅色的顏料畫出來的輪廓。形狀非常奇怪。

「這是什麼？」元玥顫抖了一下，她有些害怕。

「所以我才猜測，風嶺鎮有第三組勢力。」我也害怕，畢竟這間教室實在是太詭異了。灰暗的空間中，由於落日的影響，呈現出一片血色。太陽的餘暉透過骯髒的玻璃，竟然投影出一層死亡的氣息。

地面上甲骨文「風」的符號，在這層死亡血紅中，如同邪教組織的召喚儀式。吸引著無窮無盡的風。高三二班教室只有十來坪大。在正中央符號的周圍，全是各種類型的風在湧動。旋風、龍捲風、微風、颶風、颱風，每一種風，都是微型的。有的只能感受到，有的卻能用肉眼看到。

這些奇形怪狀的風，全部僅僅十公分高。袖珍的外表下，蘊藏著毀滅天地的危險。將世上所有風的類型都集中在幾十平方公尺的空間內，是什麼感受？先拋棄感官不談，在意識層面就令我難以接受。因為，太違反科學基本常識了。如此多的怪風，許多都是相互抵觸本不應該同時存在的。

看到這些微型風的狀態，我突然有些明白了瑩瑩的那句話。得到最多八角風鈴的人，就能驅使最多的風。這些微小的風，都是人為的以某種超自然的力量製造出來的。而八角風鈴作為控制器，自然能夠控制人造風。

我和元玥來風嶺鎮的第一天晚上，就是被八角風鈴控制的龍捲風襲擊了。威力強大根本該出現在山區的龍捲風，甚至捲走了整棟酒店。

自己強自鎮定，在教室中小心翼翼的躲開各種各樣的小型氣團，來到了符號周邊。自己用手摸了摸那層暗紅色的顏料。

這是血。只是不知是人類的，還是動物的。血黯淡凝結，已經畫在地上，不知道多久了。

「我猜，這就是死亡詛咒的源頭。這些符號早在風嶺鎮沒出問題前，就被人特意畫在了高三二班的教室中。」我皺著眉頭推測：「這些符號能夠召喚風。以前看過一則科學報告，上邊說一個地方的氣流運動，是能明顯影響一個區域的人類的行為活動甚至智力的。

「欺負嚴巧巧的那些學生，就是受到了風的影響。其實或許，死亡詛咒也不是嚴巧巧散播出去的，她頂多只是個媒介而已。風，帶著她的憤怒和絕望，到處蔓延。」

元玥在這間可怕的教室中嚇得手足無措，勉力回應我：「假如真的有其他勢力的話，他們幹嘛這麼做，目的是什麼？」

「我也不清楚。但是那個勢力將風嶺鎮隔絕起來的。」我指著地上風符號周邊的線條：「妳看這個線條，有沒有覺得很眼熟？」

元玥突然「啊」了一聲：「這個形狀，像極了你給我看過的風嶺鎮古地圖的邊界線。」

「沒錯。」我點頭：「古邊界是風嶺鎮的祖先千年前埋設下去的。目的我暫時也不太清楚。但是肯定有他們這麼做的合理原因。這條死亡線路，已經被啟動了。所以風嶺鎮被會殺人的風封閉了起來。而鎮裡邊，三年來，都遭到了人造風的支配。」

「可還是有許多無法解釋的地方。」元玥說：「總覺得哪裡不太對勁兒。」

我深有同感：「是啊，不對勁兒的地方太多了。封鎖風嶺鎮三年，但那個勢力卻沒有傷害鎮上的居民。他們把瑩瑩關入古建築，卻又允許她對外通訊，構建自己的勢力。而且，那個勢力，還有意的培養敵對勢力，例如聰明的怪胎榮春等人。這個勢力，既矛盾又行為詭異。怪了，他們究竟想要幹嘛？無論如何，或許都是在籌謀某個巨大的陰謀。」

「那，我們現在應該趕緊離開嗎？我老覺得這裡有危險。」元玥看著這陰暗的教室，她覺得四面八方都暗藏殺機。

我搖頭：「這個儀式看起來恐怖，但其實一切東西都有支點。風不會莫名其妙、沒有來由的形成。既然是人工製造，那麼就肯定有驅動的力量。

「不久前我才跟你分析過。八個八角風鈴，有六個浮出水面，還有兩個失蹤。其實那兩個風鈴並不是失蹤了，而是在那個勢力手中。」我站在原地不動，一寸一寸的觀察四周：「風，應該是那個勢力製造出來的。能驅使風的，是八角風鈴。所以答案顯而易見，最後兩個風鈴。肯定就在這間教室中。」

元玥渾身一抖：「真的？」

「我很能確定。不然也不會到這兒來了。只要取走風鈴，風嶺鎮的詛咒力量，就會消失。哪怕，我根本不清楚，那個勢力的目的是啥。」我說完，將手舉起，比劃著對角線。

無論任何超自然、科學無法解釋的東西，其實最終都符合最基本的物理法則的。人類現有的物理原則無法解釋，只能證明人類的知識體系還不夠完善。一如磁石的互相吸引排斥就是無形的，肉眼看不到，不能證明它們就不存在。

同樣的，高三二班教室中的召喚風的符號和儀式，看似沒有道理，但是也能根據黃金分割原則找到支撐點。畢竟風鈴只有兩個，也就意味著支撐點，只有兩個。我透過雙手比劃出的粗糙對角線，很快就找到了有可能藏匿風鈴的位置。

一個在教室後方的鐵皮清掃用具儲藏櫃中。另一個，就在講臺上。

「妳去講臺，我負責儲藏櫃。小心點，慢慢走過去。注意不要碰到那些微型的風暴。」我吩咐元玥：「一定要跟我同時同步的將兩個風鈴取出來。」

自己遭遇過無數超自然的危險事件，也碰到過許多無法理解的詭異案子。旦凡在超自然的力量面前，都必須要小心翼翼。兩個支撐點是一種蹺蹺板似的平衡狀態。只要不打破它，這些聚集在一起的微型風暴就平靜的保持著相互制衡的危險平衡。取走風鈴，會破壞它們的狀態。

以同樣的速度抽走風鈴，它們會逐漸繼續平靜的消失。但是一旦有一方手慢了些，那就麻煩了。能量和水一般，哪個方向低，位於高水平的能量就會天然的流往低處的位置。

手慢的一方，會遭到教室裡所有微型風暴的攻擊。

元玥聽了我囉哩囉嗦的講解，半懂半不懂的點頭，一步一步無比小心的朝講臺走去。而我則轉過身，走向教室後方的掃除櫃。

幾公尺的距離，並不遙遠。但是在我眼中，每一步都艱難無比。走在佈滿湍流的混亂氣團中，哪怕這些湍流僅僅只有十公分高，也非常難受。腿彷彿隨時會被撕扯斷。這些風在十來坪大的空間中互相影響，甚至形成了十公分高的特殊的對流層氣象。

我的走動，必然也會擾動氣流。氣流從我的小腿旁流過，被附近的風暴吸收，劈哩啪啦的發出閃電和雷暴的響聲，煞為壯觀。

好不容易，我才走到掃除櫃前，吃力的把上鎖的櫃門用萬能鑰匙打開。在櫃子的最底層，果然放著一只古舊的八角風鈴。

「我找到了。元玥，妳搞定沒有？」我欣喜若狂的轉頭，正準備問清楚元玥幹得如何了。突然一股刺骨陰冷竄上了脊背，我的雞皮疙瘩，全冒了出來。

背後，近在咫尺的位置，有一個人影。女孩的身影單薄且帶著寒意。

我皺了皺眉，不好的預感噴湧而出：「元玥？」

本來應該到講臺上的元玥並沒有過去，她不知何時出現在了我背後。

「妳要幹什麼？」我的視線，和她撞擊在了一起。

元玥的臉上，並沒有多餘的表情，只是露出苦笑：「夜不語先生，讓你進這間教室，從來就不在我的計畫之中。」

我的頭腦一片空白，瞬間就醒悟過來。第三個是妳，你妹的第三個勢力老子找到了。這個傢伙一直都潛伏在我身旁。它，根本就只有元玥一個人而已。

「夜不語先生，你為什麼要這麼聰明。為什麼要到這裡來。本來不應該的。」元玥苦澀的搖了搖頭：「其實，我挺喜歡你的。這件事結束後，甚至，甚至還有過想要跟你發展一段戀情。當然，是在偷偷的殺掉你嘴裡的那個她之後。」

元玥的話語裡，全是不符合正確三觀的負能量。現在的她，跟一直跟我在一起的她。完全不像是同一個人。不，或許，現在的她，才是真正的她。平時的那個她，是個表演系滿分可以拿無數奧斯卡小金人的人性扭曲的傢伙。

我也笑了，什麼也顧不上，以迅雷不及掩耳的速度將偵探社配發的槍摸到，隔著衣服朝她射擊。

子彈打在元玥的身上，穿過了她的身體，卻什麼也沒有發生。

我氣到了極點。該死，自己一直想要得到的東西，竟然就在她身上。這個女人，大半個月都把我當猴子耍了。

「夜不語先生，先睡一下吧。放心，你還有用！」元玥露出笑顏，潔白的牙齒和漂亮的臉蛋，流露出看情人的甜蜜。這是曼徹斯特的女人們特有的交際表情，意思是，好了，你可以領便當去了，你沒用處了。

之後，我被她手裡冒著火花的電擊棒擊中，毫無懸念的暈了過去……

醒來時，自己仍舊還在高三二班，我沒有死掉。教室中的甲骨文符號和血液畫的線已經被毀掉了，兩個八角風鈴也不見了。

元玥手裡，現在擁有了六只八角風鈴。可我仍舊不清楚，她的目的是什麼。甚至我搞不懂，她為什麼不殺死我！

我撐起疼痛不堪的身體，努力的走出教室。自己必須要找到她，阻不阻止她無所謂，但是她身上那個本屬於我的東西，我必須拿回來。

因為，它關係到我的守護女，李夢月的命。

但自己離開風嶺中學的破舊大門。一切，都變得不同了。沉默的夜色瀰漫著街道上，蕭條的街，一個人都沒有。

雖然風嶺鎮從來都十分冷清，可至少路燈還是有的。晚上，也會有零零碎碎的商店小吃館開門做生意。

不過我走在街道上，卻什麼都沒找到。無人的街，關門的商店。哪怕是最近的一家二十四小時開門的便利店，也沒有燈光。路燈在黑暗中熄滅，整個世界都籠罩在一股死氣沉沉中。最可怕的是，我感覺不到風。

對！風不見了。這個封閉的山間小鎮，原本無時無刻都有風吹拂過。但是現在空氣卻不再流動，大氣環境結冰了般，散發著刺骨的寒意。

我皺了皺眉頭，總覺這個城市的一切，都不太對勁兒。怪了，人都去了哪兒？為什麼自己像是進入了平行世界般，彷彿不在自己的世界中了。

自己掏出手機看了看，沒有訊號。如果城市大面積停電，基地臺也會停掉。我試著連接了一下GPS。很快手機便搜索到了衛星，定位成功。

我大鬆了一口氣。自己還在地球上，沒有被甩入異次元。或許別人會對自己的恐懼感到可笑，但是我畢竟遇到過大量詭異事件。被扔到別的空間什麼的遭遇，也並不少。

既然自己所在地仍舊是那個風嶺鎮。可現在的風嶺鎮，為什麼在感官上，令我覺得變了。而且人，都去哪兒了？

最重要的是，元玥得到了大量的八角風鈴。她究竟會去哪兒，想要幹嘛？

我摸不著頭腦，也無法得知她的行蹤。只好暫時先應付眼前的糟糕狀況。自己試著靠近一家二十四小時便利店。

風嶺鎮的夜，並不是完全漆黑的。反而帶著一股灰濛濛的感覺。朦朧的光線來自於頭頂的雲層，雲，彷彿在醞釀著什麼可怕的東西。反常得很。

越是反常的狀況，越引起了我的小心。我警戒著四周，甚至不敢打開手機的電筒光。畢竟在灰暗中一切都是未知的。誰知道光芒會引來哪些不好的東西？

便利店的門敞開。

通常類似全年無休的便利店，大門其實是從來不關的。我在陰暗的室外，走入了黑暗的室內。便利店沒有一絲聲音，這和外邊的街道也沒任何不同。死寂中，哪怕是我的腳步聲和心跳，都變得刺耳起來。

我輕手輕腳的在便利店中搜索了一番，除了處處都是異常外，我沒有發現別的異狀。由於太黑暗，自己最終忍不住，將手機的螢幕點亮。

微弱的光，刺破了空間中的沉睡。螢幕的亮度被我調到了最低，哪怕如此，自己也能看到許多東西。

便利店的地面，一片狼藉。等我看清楚地上的東西是什麼時，自己頓時倒吸了一口冷氣。

衣服和褲子。

各式各樣的衣服和褲子凌亂的分佈在便利店的每一條走道中，哪怕是收銀臺也有。這些扔在地上的服飾，甚至還殘留著穿在人身上時的模樣。

怎麼回事？這是怎麼回事？

我腦袋亂了。從這些衣服鞋襪帽子等等判斷。不久前，應該還有人穿著它們。可是衣物內部的人類呢？為什麼他們要將衣物脫下來，還好好的擺在地上？

還是說……

自己打了個冷噤，蹲下身，掀開地上的一條短裙。這條短裙應該屬於大約十多歲的小女孩。裙子中，全是沙和粗糙的石頭。

我將沙堆中的石頭拿起來，之後嚇得險些摔倒。不！這根本就不是什麼石頭。而是骨頭。風化了的骨頭！

風嶺鎮的人類，難道全都在一個小時之間風化掉了？肉體血肌變成了白色的沙塵，骨頭彷彿經歷了數萬年的歲月，成了化石？

本不可能有這麼混帳的現象。但事實，卻已經擺在了我面前。

我瘋了般檢查了好幾件衣物，都在裡邊發現了風化的骨頭和潔白的沙子。頓時只感覺自己全身癱軟。難道，這些，都是元玥幹的？

驅使風的能力。風化，也確實屬於風的能力的一種。元玥殺死了風嶺鎮所有人，這到底是要幹嘛？

我百思不得其解。

就在這時，便利店外從遠處傳來了一陣腳步聲。亂七八糟的腳步聲帶著一股急躁，匆匆忙忙的朝我所在的位置跑來。

我額頭上流出冷汗，偷偷的躲進了便利店的廁所中。

一眾凌亂的腳步在便利店外猶豫了片刻後，終究還是走了進來。

「剛剛明明這裡就有光。」一個女孩說道。聽聲音很耳熟。

另一個女孩吩咐：「大家找找看。肯定是聽到我們的聲音後溜了，沒跑多遠。」

幾個女孩開始劈哩啪啦的翻箱倒櫃。這些傢伙還真沒常識，明明事態都如此詭異了，還亂發出巨大噪音。我眉頭一揚，故意在廁所中咳嗽了兩聲。

「誰！」幾個女孩嚇了一大跳。

這些傢伙明明是來找我的，沒想到反而被嚇了一大跳，弄得我哭笑不得：「外邊的是凱薇嗎？我是夜不語老師。」

便利店內的眾人沉默了。過了好幾秒鐘，才有人說話：「夜不語先生？」

說話的人聲音有些獨特，略微沙啞。我將門打開了：「妳是榮春吧？見過妳的許多資料，久仰了！」

榮春鬱悶道：「你的搭檔元玥呢？」

我聳了聳肩膀，沒開口。

便利店中總共有四個人。分別是榮春、凱薇、龔娜和張萌。我偷窺過她們開會，所以都認得。自己的視線在這各有特色的四個女生身上繞了一圈後，落在了張萌身上：

「其他三個人我都稍微知道一些。可是，妳是誰？」

「夜不語先生，張萌只是我的化名。我真正的名字，你一定很熟悉。」叫張萌的女孩聳了聳肩：「我在曼徹斯特的時候叫孫妍。在風嶺鎮，叫嚴巧巧。」

「妳就是嚴巧巧？」我臉色變了變：「妳不是瑩瑩那邊的人嗎？」

「我從來都沒有選邊。我只是自己。只為自己的利益。」嚴巧巧撇撇嘴：「當我意識到那個瑩瑩不是陷害我的人的時候，我就跳到了榮春這邊。想要挖掘出風嶺鎮這三年來發生的事情的真相，甚至，是誰在背後弄我。可惜，至今沒有結果。其實，不只是我……」

嚴巧巧指著背後三個女孩：「她們三人，都有自己的故事。」

榮春苦笑：「我的兩個好朋友，上官舞、小雪都被人害死了。」

「我的男友，是被蠱惑了向東的傢伙害死的。我要找他報仇。」龔娜冷哼一聲。

凱薇一臉痛苦：「夜不語老師，吳彤不是我害死的。我只是想努力阻止她死亡，可是，我失敗了。」

「所以，其實妳們猜到了。風嶺鎮背後有第三個勢力？」我問。

四個女孩同時點頭：「瑩瑩，根據嚴巧巧的接觸。她不過是個被突然扔進風塔的普通女孩罷了。根本不具備那麼沉重的心機。」

「風塔？就是風女嶺的那座古建築？」我又問：「對了，我一直想不明白。妳們為什麼要把辛苦收集到的四個八角風鈴留給我和元玥？」

榮春的苦笑，苦到了極點：「那些八角風鈴，是我們四個經過三年的尋找才好不容易找到的，怎麼可能拱手相讓。我們，是被人給陷害了！被打暈了，你知不知道。被那可惡的第三勢力打暈的。醒來後，整個風嶺鎮都沒人了。簡直是進了另一個世界般可怕。」

我啞然。沒想到自己本以為是多高明的陰謀，結果背後的真相居然如此簡單。

「對了，夜不語先生。瑩瑩是風女，絕對不能把她從風塔中放出來。」榮春像是想到了什麼，急切的說。

我撓了撓頭：「說實話，我不知道元玥是不是想要將瑩瑩放出來。」

「元玥？夜不語先生，你這句話是什麼意思？」榮春敏銳的捕捉到了我話中的怪異。

我嘆了口氣：「因為元玥，才是真正的幕後主使者，風嶺鎮的第三個勢力。這三年來發生的一切，都是她在搞鬼。」

「怎麼，怎麼可能？」四個女孩同時人吃一驚。這真相完全顛覆了她們的想像。

我指著自己的鼻子：「我也被騙了。」

榮春渾身一震：「如果這是真的，那麼我大概能明白，她想要幹什麼了。她是要殺掉風嶺鎮所有的本地人。快，我們馬上去風塔，阻止她按下風塔最頂端的那個東西。」

「風塔最頂端，什麼東西？」我沒聽懂。

榮春焦急無比：「我的爺爺是上一代的鎮長。所以我知道一些內情。快，馬上去風女嶺！」

我們一眾人，在榮春的催促下，找來一輛車向風女嶺疾馳。

頭頂的天空在惡化，灰濛濛的天，彷彿蘊藏著無數的能量，在風女嶺上空匯合。貌似一場滅世的災難，即將來臨。

另一邊，元玥早已到了風塔下。

「瑩瑩，我收集到了全部八角風鈴。現在就放妳出來。」女孩來到風塔前，淡淡道：「但是，妳必須要解開我身上的詛咒。」

「真的？」瑩瑩興奮不已：「太好了，姐姐。」

「我不是妳姐姐。」元玥抬頭瞪著她，一個一個，將八角風鈴鑲嵌入風塔的八個牆壁裡。層層的鎖鍊，在一瞬間全部鬆開，掉落在地上。

瑩瑩正想下來，元玥突然開口了：「瑩瑩，能不能幫我一個忙？」

「什麼忙？」瑩瑩愣了愣。

「這棟建築的最頂端，有一個刻著風符號的按鈕。很顯眼。妳把它按下去。」元玥見瑩瑩有些疑惑，解釋道：「是夜不語先生要我吩咐妳這麼做的。」

瑩瑩摸了摸頭：「既然是夜不語先生的吩咐，那麼肯定有他的道理。」

人類真的很奇怪，越是調查一個人，明白一個人越多，越會增加你對他的盲目信心。瑩瑩調查過我，知道了我很多事情。反而被謊言蒙蔽了眼睛。

她，朝風塔的最頂端走去。

而我和榮春等人還在趕路，遠遠地看著瑩瑩往上爬，我使勁兒的大喊了一聲：「瑩瑩，千萬不要聽元玥的任何話！」

我喊叫著：「是元玥，是妳的姐姐。將妳關進風塔的。風嶺鎮發生的一切，都是她的陰謀！」

可惜已經晚了，瑩瑩一邊聽我的喊叫，一邊傻呆呆的下意識將那個風符號按了下去。

元玥衝我展露出甜甜的笑顏，只一步，整個人都跨入了風塔中！

一瞬間，風變了！天，也變了！

第十二章 登風之塔

「姐姐，原來，妳根本就從沒有失憶？」瑩瑩站上風塔的頂端，看著一步一步往上爬的姐姐：「可姐姐，妳為什麼要這麼做？既然妳明明記得我，為什麼會裝作不認識我？」

元玥冷哼了一聲：「為什麼，妳還好意思問為什麼。因為，我恨妳。我這輩子，最恨的人就是妳。是妳害死了爸爸，是妳，害死了媽媽。如果沒有妳，我和爸媽一家人，還能幸幸福福的生活在一起。」

「可明明——」瑩瑩的話音剛起，就被元玥打斷了。

「爸媽從來都不讓我告訴妳。妳知道自己是風女，對吧？」元玥咬著嘴唇：「妳還記得，我們本來的姓，是什麼？」

瑩瑩回答：「當然記得，我們姓風。」

站在塔下的我渾身抖了一下。風姓？風氏出自上古三皇之首的燧人氏，屬於以華夏文明起源口傳歷史姓氏。燧人氏自立為「風」，這是中國人最早之姓氏。這個姓的由來很古怪。相傳伏羲的母親風華胥外出，在雷澤中無意中看到一個特大的腳印，好奇的華胥用她的足跡丈量了那個足跡，之後她莫名其妙的就懷孕了，懷胎十二月後，生下伏羲。

當然，這是表面上的說法。其實風姓散佈很廣，沒什麼特別的。但是在風嶺鎮，似乎是個例外。據我當初的調查，鎮上根本就沒有姓風的人。

難道瑩瑩和元玥的家人，原本就不是真正的風嶺鎮人？可為什麼瑩瑩這個外人，會成為關鍵的一環，被關在風女嶺的風塔中？

「假如妳沒出生的話，我們一家，仍舊會幸福的生活著。」元玥一步一步的用赤裸的腳，登上風塔。八個八角風鈴解開了風塔的入口，但是我和榮春等人偏偏無法進入。一股無形的風壓，將入口牢牢堵住。

這一切都證明，只有風家血脈，才能進去。

這兩人，到底在風嶺鎮古老的歷史中，屬於什麼身分？

瑩瑩被關在風塔中後，三年的時間裡，都一直在調查。可看她一臉傻乎乎的樣子，我發現她，似乎知道的不比我多。

只有一直都裝失憶的元玥才清楚內情，這也是她能將所有人玩弄於股掌間的原因。

「妹妹，妳是不是一直都很疑惑。我幹嘛要做這麼多？我設計了層層陰謀、我費盡心思，從十歲開始就在策劃。十多年來，我一步一步的完善自己的計畫。我將全鎮兩千兩百二十二人都封在了風嶺鎮中，讓他們無法離開。我摧毀他們的生活，讓他們互不信任、猜疑、嫉妒、同時又給他們虛假的希望。讓他們擁有強大的求生欲，讓他們繼續活下去。」

元玥的臉色沒有表情，不瘋狂、也不憤怒：「我究竟是要幹什麼？是要報仇，還是僅僅想要對妳宣洩我的憤恨。」

瑩瑩在姐姐的眼神中，只有不安而已。她幻想過無數次見到姐姐的情況，但是她從未想過，姐姐居然如此可怕。將她，將整個鎮所有人，都當作了可以隨時毀掉的棋子：「姐姐，妳，是要報仇？」

「錯了，並不是報仇！」元玥搖頭，顯然有些失望。她已經爬到了風塔的中央，她手裡拿著八只八角風鈴，輕輕搖晃了一下。之後低下頭，從我和榮春等人臉上，一一劃過：「親愛的夜不語先生、榮春、龔娜、凱薇、嚴巧巧。我精選的五個最重要的棋子，都集齊了。

「相信大家都很迷惑吧？親愛的各位，要不要聽一個故事？一個關於我的故事。」元玥淡淡笑容中，仍舊沒有感情色彩。這個女人到底經歷過什麼，才會將情緒深深埋葬。哀莫大於心死，可見，有些東西甚至比室外更加可怕。

「我曾有個幸福的家庭，一個真正幸福的家庭。」女孩根本不在乎我們想不想聽，她只想宣洩罷了。說出來的話，與其說是告訴我們的，不如說是告訴她自己的。

她的開頭語，和瑩瑩說的故事的前兩句一模一樣。

元玥以前不叫元玥，她叫風玥。她的妹妹叫風瑩。比她小三歲。風玥剛開始的人生前三年，還是很幸福，直到她的妹妹風瑩出生了。

風瑩的出生，很詭異。一股不該出現在山區的龍捲風，當天一直在風嶺鎮的上空瘋狂的旋轉。整個天空，晦暗無比，猶如末日。

當風瑩從母親的肚子裡被護士挖出來，所有人都大吃一驚。護士小心的和醫生耳語，醫生立刻打電話叫來了鎮長。

很久以後，元玥才知道自己的妹妹，臀部上有一個奇怪的胎記。大人們說，那個胎記是風女的標誌。每個人都對風瑩非常恭敬。而元玥的父母被單位辭去了工作，每月發大把大把的金錢，要什麼有什麼，基本上如同皇帝一般供了起來。

衣食無憂的生活，並沒有帶來父母的幸福。記憶裡，元玥覺得很開心，因為所有人，無論是路上走的行人、還是幼稚園裡的小朋友，都被教導，對她和她的家人必須恭恭敬敬。無論她犯了什麼錯，老師和對方家長，永遠都是責備別的小孩。

可是父母，卻在這恭敬中，緊皺著眉頭。特別是爸爸，看著風瑩時，總是唉聲嘆息。

「許多年後，我才明白。沒有人會無緣無故的恭敬你、孝敬你、伺候你。特別是當你的地位莫名其妙的高到不平等的時候，那麼你就應該特別小心。」元玥傻笑了幾下，似乎覺得小時候自己的想當然很傻。

「動畫片裡，怪叔叔給小蘿莉棒棒糖，肯定是有齷齪的想法。無緣無故給你錢的人，如果你不是乞丐，你沒有為他創造財富。他為什麼要大筆大筆的給錢養活你？除非，付出的東西，可以收取回報。可笑的是，如此簡單的等價交換原則，我當時還甘之如飴。」

在風瑩三歲時，元玥的父母帶著她們倆歷經千辛萬苦，從風嶺鎮逃走了。脫離了養尊處優的生活，去了別的城市後，經濟條件變得捉襟見時。元玥雖然不理解，但是她覺得能跟父母在一起，也沒什麼大不了的。

畢竟小孩子總是能最快適應環境的生物。

可是逐漸，元玥覺得不對勁了。她發現自己的父母在躲著什麼。剛開始五歲的她覺得可能是在躲風嶺鎮的人。因為媽媽經常說一些她聽不懂的話，告訴她風嶺鎮的人，其實都是壞人，他們很壞。要對妹妹做某些很不好的事情。

但是緊接著，元玥意識到。父母最恐懼的，並不是人類。而是風！一股致命的風，彷彿有意識似的，跟著我們一同離開了風嶺鎮。那股風，似乎想要我們全家人的命。

「其實，那股風要的，只是風女的命而已。只要風瑩她一個人的命，但是我們身上，都有她的氣息。又都是風家的人，特別是母親。她次於妹妹，屬於風最容易攻擊的目標。」元玥冷哼了一聲。

由於是風女的母親，母親和妹妹都絕不能長期暴露在可以被風吹到的空間中。爸爸總是說，撐到妹妹六歲時，就好了。

元玥不知道為什麼，但是最愛的爸爸的話，她總是會聽的。畢竟，她可比妹妹，更加，更加的愛爸爸。

她的爸爸，並不是風嶺鎮本地人。屬於上門女婿嫁入了母親家。所以爸爸據說比較不容易被邪惡的風發現。那些年，他一個人撐起了一家四口人的衣食住行，經常工作到疲憊不堪。還由於沒什麼謀生技能，只能打些零碎的雜工。

幸福的分界嶺，和風瑩的記憶一模一樣。是在妹妹還差一天就滿六歲的那一天。元玥，被風攻擊了。

她死都忘不了那天的天空。黑壓壓的，烏雲壓頂，剛剛還是白晝的明亮太陽，瞬間就變得漆黑。

無數的狂風完全失去了原有的物理法則，從四面八方流竄過來。拉扯著她，想要將她扯入天空。在元玥最絕望的時候，媽媽趕來救了她。媽媽口裡唸唸有詞，不知在說什麼。最終，她代替了她，被風捲起，整個人都落入天際，消失不見。

元玥，永遠失去了最愛的媽媽。她根本來不及悲痛，她的身體仍舊在空中，不斷地下墜、下落。她睜大眼睛，遠遠地看著地面上瘋狂的向她跑來的爸爸。可是沒用了，她被風拋了很遠，拋到了幾公里外的海中。

醒來的時候，是在一艘船上。一對從英國曼徹斯特來的華僑將她從海裡救了起來，甚至不顧她的反對，收養了她。

「他們幫我改名叫元玥。你們無法想像，那對夫妻有多變態。元家整個家族都是些變態聚合體。我因為長相漂亮，而這對夫妻又因為某些原因失去了生育能力，沒有子嗣。所以他們強行收養了我。

「這個世界從來就沒有無緣無故的好運。真的，人生和物理法則太相似了。得到什麼，就一定會失去什麼。哪怕有些東西你根本就不想要，但是不想要和你能不能得到是兩回事。不想要的東西給你了，你就是得到了。得到不想要的東西，也會相應的，被取走某些東西。」元玥終於有了表情，是憤恨。足見在元家，她有多麼痛苦。

在那個家族，元玥受盡了折磨。由於漂亮而且長相和養父母有些相似，她的養父母便謊稱她是自己親生的，利用她來搶奪更多的家族財產。

元玥的恨意，在不幸的童年中不停滋長。

「從十歲起，我就開始調查風嶺鎮的一切。母親常常自言自語，還經常對我說些我聽不懂的東西。以前我太小，確實是不懂，但是我全都記在了心裡。」元玥指著自己的頭：「要感謝我的大腦，我的記性非常好。現在，我就來告訴你們，隱藏在風嶺鎮平靜祥和外表下的殘酷真相吧。」

這個真相，被風嶺鎮人隱瞞了千年。如果不是風瑩很不幸的是風女。元玥的家人，恐怕永遠也不會知道，風女嶺的那個古怪建築，風嶺鎮外的古邊界，到底對他們而言，意味著什麼。

「風嶺鎮上的原住民。不管他們姓趙錢孫李周吳鄭王的百家姓的誰，其實那些姓都是假的。他們其實全都姓風，只是每個人都給自己的兒女取了不同的姓罷了。一個人只有忌諱某種東西的時候，才會拚命的遺忘和躲避那個東西。

「風嶺鎮的原住民為什麼會千方百計的遺忘自己宗姓呢？因為，我們血液裡流淌的，都是風的血液。我們，都是風的兒女。」

我和榮春等人、甚至瑩瑩，都沒有聽懂元玥的話。

風的兒女，什麼意思？

「知道痲瘋病嗎？因為它有致命的傳染性，人類會將感染者趕入深山，封閉起來，令患者自生自滅。歐洲的黑死病也一樣，得病的人會被殺死，患者一整家子都會被殺死。人類總是這樣。」元玥突然換了個話題，她仍舊在往風塔上走，離風瑩，離她的妹妹越來越近。

「人類總是會將感染了傳染疾病的人，隔離起來。無論那種病是什麼。只要是有傳染性，就無法倖免。因為人類，天生就會對傳染的東西，產生恐懼。風族人，就是如此。風族人不知為何，有一種病。一種基因缺陷。我們就是風族，整個風嶺鎮的土著，都是風族後人。」

元玥看向我：「夜不語先生，你不覺得奇怪嗎？為什麼風嶺鎮的古邊界上，有一道只有本地人才走不出的風殺陣？是誰在千年前，佈置的這種恐怖殺陣？」

我抖了一下，突然明白了：「妳的意思是，千多年前，有人將你們的祖先，隔離在了風嶺鎮中？」

對。只有這樣才說得通。只有這個解釋，才能解釋為什麼風嶺鎮有些人能離開，有些人不能離開。古邊界的風殺陣，根本就是基於某種原因來判斷誰能出去、誰必須留下。可古人，為什麼這麼做？

「他們害怕我們。」元玥嘆了口氣：「人類像是害怕疾病一樣，害怕我們。因為風家的祖先，基於某種未知原因能驅使風。所以我們被害怕我們的普通人關了起來。那些人收集了一些擁有神秘力量的物品，將我們隔離。試圖離開的人，全都會被殺掉。

「可我們的祖先並沒有坐以待斃。他們發揮智慧，製造了八個八角風鈴，還有這座風塔。」元玥摸了摸這座古建築的牆壁，冰冷刺骨的風塔上空，毀滅性的風暴正在形成。

元玥策劃了這麼久，她是想要毀掉整個風嶺鎮？可那麼做，對她有任何好處嗎？

「每一百年，風女就會基於某種遺傳出現一個。判斷標準便是臀部上有一個甲骨文的風的標誌。這一代的風女，就是我的妹妹，風瑩。」元玥冷冷的看向風瑩，她就要，走到了風塔頂端。

「在六歲的時候，風瑩本應該被獻祭給風塔。這樣，風塔與八個擁有超自然力量的八角風鈴，才能抵擋住古邊界的風殺陣。讓它休眠。這樣我們的祖先，才能自由出入。可是爸爸卻把風瑩帶走了。於是我們家，受到了風嶺鎮和風塔的追殺。

「爸爸臨死前將風瑩送到了外公身邊，都說最危險的地方，才是最安全的地方。這句話一點都沒錯。誰也懷疑，風嶺鎮中一個普通的女孩，就是風女。但是沒有風女的風塔，究竟如何關閉古邊界的風殺陣？風嶺鎮上的人，無奈之下，只好每年獻祭。在這十多年中，每年的獻祭令整個小鎮道德敗壞，瀕臨破碎。」

元玥嘿嘿笑了：「所以我推了這個即將毀滅的小鎮一把，讓它徹底死掉。」

這個心機重重的女孩，終於踏上了風塔的最頂端。風呼呼的吹個不停，巨大的風暴，隨時會降下來，毀滅掉籠罩中的一切。

風暴一旦落地，整個小鎮，沒有人能倖免。

可我，還是沒有明白，元玥做了這麼多，目的是什麼。她的心思，太難猜測了。

「風瑩，我恨妳，我一直都很恨妳。恨妳奪走了父母所有的愛。」兩姐妹近在咫尺，風瑩被元玥猙獰的表情，嚇得退了好幾步。

風瑩的聲音在顫抖：「所以，姐姐，妳果然是來殺我的嗎？」

榮春等人尖叫道：「不能讓她殺了風女，快上去阻止那個瘋女人。」

其中有幾個女孩掏出了幾個古物模樣的怪異物品，試圖將風塔的門打開。但是所有人都失敗了。大家眼睜睜的看著元玥逼近風瑩。

元玥伸出了手，掐在風瑩的脖子上。她渾身宣洩著恨意，臉上的兇惡如同陰森的氣旋，幾乎刺破了空氣。

我沒有動，腦子不停的思索著。不對，如果元玥要殺風瑩，早就殺了。幹嘛非要將她關進風塔。關入風塔，分明是在保護她不受到自己計畫的傷害……

還有，如果風女的標誌，是臀部上一個怪異符號。可我明明在元玥的屁股上，見到過那個符號的痕跡。

不對！不對！一切都不對。到底誰，才是真正的風女？

黑化到恐怖的元玥的手終於掐住了恐懼如小白兔的風瑩，可就在這一瞬間，抓變成了摸。元玥，輕輕地摸了摸自己妹妹的腦袋：「白痴，我騙妳的。怕了吧？妳是我的親妹妹，我怎麼可能，怎麼可能捨得傷害妳。」

風瑩傻了。她傻呆呆的看著前一刻還猙獰扭曲到變形的臉在一秒鐘後，如同和煦的清風般，輕輕地望著她。我嘆了口氣，這個女人的演技，早已超越了奧斯卡小金人的境界。她再一次騙了所有人。

元玥看了我一眼，又看了看自己的妹妹，淡淡道：「一切都結束了。姐姐已經安排好了。下半輩子，好好地去過自己想過的人生吧。妹妹，我能做的，只有這麼多了。沒有超自然力量再追殺妳，沒有風家的人，再傷害妳。

「妹妹，保重。」元玥一把將風瑩推下了風塔，她最後看了我一眼，倩然笑道：「夜不語先生，抱歉利用了你。這輩子，我沒法倒追你了。」

「下輩子吧……」

如果，真的有下輩子的話。

風瑩在掉落，她尖叫著：「不。」

這個受盡折磨的女孩終於明白姐姐要做什麼了。而我，也徹底明白了。我看著元玥取出八角風鈴，擺在風塔頂端。她嘴裡唸唸有詞。

這個其實一直都疼愛著自己妹妹的女人，在代替妹妹完成獻祭。

我什麼也無法做，一切都來得太快，結束得也太快。在我還來不及反應的時候，獻祭已經成功了。

元玥被狂暴的風吸入天空，消失不見。只剩下她最後留下的那一絲對我的微笑……

雲開破散，風將雷暴驅散，迎來了一整晚的春雨。

尾聲

這個世界，有無數種愛。情人的愛、父母的愛、好友的愛，以及姐妹之愛。每一種愛都不同，每一種愛，都可以愛得很深刻。

沒有無緣無故的愛，最後，最終，最偉大的愛，始終是源於不需回報的親情之間。風瑩認為自己的一生都是痛苦的。但是，其實她才是真正幸福的。父母、外公，甚至就連姐姐元玥，都為了救她，付出了生命。

我在風嶺鎮又待了幾天，試圖想要找出為什麼風家人能夠驅使風，這種能力，會不會和陳老爺子被分屍的神秘骨頭有關？

可惜，我並沒有找到任何跟陳老爺子的某塊骨頭有關的線索。可這並沒有令我死心。這世界有太多奇怪的事情，也有太多奇怪的人。既然有無數擁有超自然力量的物體，那麼人突然有了超能力，想來，似乎也並不算太稀奇。

元玥被風吸走，不知死活。但她顯然是清楚自己命運的。這個演技和心機都絕佳的女孩，留給了自己的妹妹風瑩一封長信。很長！

看完那封信，我大概清楚了事情的始末。

元玥果然從一開始就未曾失憶。在曼徹斯特養母家的日子雖然痛苦，但聰明會偽裝的她，還算能忍得下去。女孩一邊痛苦的躲避著風的追殺，一邊在養母家的明爭暗鬥中佔據上風。她一直都被一個希望支撐著。

她希望在自己長大後，能去尋找自己的妹妹。

直到元玥十歲的那一天，從風嶺鎮出來的一個人找到了她，逼問她風瑩的下落。元玥至今清楚的記得，那個人曾吐了口唾沫，說風瑩是風女，哪怕六歲沒有被獻祭。也只能活到二十二歲。歷史上沒有任何風女，能活得過二十二歲。

作為能自由出入風嶺鎮的代價，風家千年傳承後，基因血脈已經很弱。早已無法驅使風了。他們也無法離開風嶺鎮太久。否則會遭到風殺陣的追殺。無論躲多遠，都無法躲開。

一直都被尋找妹妹、希望妹妹在某一個地方安靜生活所支撐的元玥，在得知妹妹無法活過二十二歲的那天，絕望了。

可是有些人，從不會放棄。

元玥，就是這麼一個人。她開始接觸超自然的東西，收集各種物品。從十歲開始，就開始計畫如何救妹妹。

這女孩有著令人害怕的堅韌。她用等價交換的原則，從某個組織手裡得到了拯救妹妹的方法，以及本屬於我的那東西。事情從來都不會一帆風順，那個辦法太過殘忍。不過元玥沒有猶豫，經過十年的努力，暗暗策劃佈置。

最終，她成功了。她的計畫一環扣一環，她利用風嶺鎮中兩千兩百個風家血脈作為交換條件，將妹妹的風女身分，置換到了自己的身上。

而風家的血脈，就此斷絕。只剩下榮春四個人。因為這四人的父母，元玥還清楚的記得。他們對自己的家，有恩。

爸爸總是說有恩報恩，有仇報仇。

元玥最聽爸爸的話了，所以她報了恩。

事情，全都結束了。姐姐用兩千多人和自己的命，換來了妹妹安穩的生命。如此偉大的扭曲的愛，令我唏噓。

風瑩為自己的姐姐造了個衣冠塚，和爸爸的屍體埋在一起。她看著墓碑喃喃道：「姐姐，最喜歡爸爸了，是個典型的父控喔。」

能夠活過二十二歲的她，不知心裡是什麼感覺。最終，全家人為了她而死。只有她一個人活了下來。

「好好活下去。」我拍了拍她的肩膀。

風瑩用力的點頭：「我的命，是姐姐、是爸爸、是外公和媽媽換來的。我會為了大家努力，認真的活下去。」

說完，她將一樣東西遞給我：「這是姐姐隨信一同留下的。信末，她要我轉交給你。」

那是一個黑漆漆的小盒子。我緊緊地拽住盒子，將其深深的藏在衣服的暗袋中。有了它，就能救李夢月。

「這到底是什麼東西？姐姐說很重要，沒有這個，她根本無法完成自己的計畫。早不知死在風的追殺中多少次了。」風瑩好奇地問。

我笑了笑：「這是我夜家的傳家寶。有極強的恢復能力。確實，沒有它的話，元玥的計畫完全沒辦法進行。畢竟她也有風家的基因，三年來她肯定無數次進出風嶺鎮。甚至在曼徹斯特的時候，不停地遭到風的追殺。這東西，能保護她穿過風殺陣和風的追殺。」

元玥為什麼要引誘我進風嶺鎮的理由，我也終於明白了。只有在我附近，夜家傳家寶的威力，才會充分發揮。可想而知，待在風嶺鎮的元玥的計畫，究竟有多凶險。

「這麼神奇？」風瑩眨巴著眼。

我擺了擺手，想就此別過。

風瑩像是想起了什麼，在我背後使勁兒的大喊：「夜不語先生。姐姐在信裡還讓我提醒你，要你小心。那個和她做交易的組織很詭異，也很強大。針對你和你的守護女的陰謀，絕不會停。」

我什麼話也沒有說，只留下了背影。

再大的陰謀，自己也不怕。誰要阻止我救自己的守護女，我就會殺了他。沒人能阻止我，因為，當我瘋狂的時候，連自己都害怕。

當自己走出風嶺鎮的時候，手機鈴聲急促的響了起來。是老家的號碼。

我連忙接通，只聽到電話那頭一陣焦急的吼叫：「龜兒子，你死哪兒去了。你小子的守護女，就要不行了！回來見她最後一面吧！」

是爺爺的聲音。

一股強烈的不祥預感隨著這句憤怒的話噴湧而出，我的手機從手裡滑落，砸在地上。

砸碎了無數泥巴。

The End

八角風鈴
Dark Fantasy File

後記

春天來了，春天來了。我很開心，終於春風吹來了，成都霧霾到不敢開窗戶的日子，終於過去了。

成都是盆地，整個冬天的陰霾都積累在盆地的天空上。伸手見不到藍天，每天早晨起床，看到的都是可以毒死人的霧。

我看不到窗外五十公尺遠的高樓，也不敢用力呼吸外界的空氣。據說會致癌。所以春天的成都人，包括我，都是最開心的。霧霾被秦嶺外翻山越嶺來的風吹走了，清澈的空氣回來了。窗外遙遠眺望，甚至能看到數百公里外的四姑娘山。層層疊疊的白雪皚皚，心曠神怡。

四川，就是這麼個怪異的地方。這裡悶熱，這裡沒有太多風。只有深邃的平原，以及城裡望不到邊的貪吃鬼。

總之，如果說四川缺什麼，大家最期待的是什麼。那麼毋庸置疑，所有人都希望從秦嶺和西伯利亞，多吹來一些風。

我對風也是有怨念的。因為成都的風，總是微風拂面，永無激情。自己以及周圍的朋友，最愛看的災難片，大概也是和風有關的類型。

所以你看，古人說的總是對的。一個人缺什麼，就要看他對什麼最感興趣。

我喜歡風。自己看過海，看過藍天，看過白雲，看過雪山、草原，以及遠眺過喜馬拉雅山。

但是我從未見過龍捲風。

所以當自己到荷蘭留學時，在一個颱風的下午，在九級狂風中興奮的大笑。被所有本地人當成了傻子。

也正是因為對風的嚮往。我寫了這篇長到不能再長的，關於風的小說。

能夠代表風的東西，人類的世界總是有許多。微風讓人愜意，暴風讓人恐懼。每一種不同類型的風，都會引起人類不同的情緒。

這讓我很感興趣。

風向標、風鈴、氣球，每一個，都能標示出風的存在。

但是風這種大自然最常見的現象，真的能被人類的刻度，度量衡嗎？我們眼中的風，真的是我們能用肉眼看清的那種東西嗎？

我經常這麼想。

風到底是三度空間的存在，還是二度空間的產物？它是動態的，還是本來你才是動態的？我越想，越懷疑。

因此，不敢深究太多。再在這許多問題上討論深思下去，自己都快要精神分裂了。

照例，在書的後記中聊一聊書吧。《夜不語詭密檔案》系列，進入了創作的第十五個年頭。終於從小眾小說，變得稍微大眾一些了。有更多的讀者接觸到了這個系列。也有了廣播劇、影視劇。自己也靠著這個系列，進入了中國作家富豪榜。

所以，不得不更加用心的寫書，報答大家的支持才行。

希望大家，能一直，一直愉快的稍微害怕的看《夜不語詭密檔案》系列。

我會一直寫下去，帶給大家更多更好的作品的。

那麼，咱們下本書再嘮叨。

夜不語

夜不語作品 11

夜不語詭秘檔案 802：八角風鈴

國家圖書館出版品預行編目資料

夜不語詭秘檔案802：八角風鈴 ／夜不語 著.
一 初版. 一 臺北市：春天出版國際， 2016.10
面； 公分. 一（夜不語作品；11）
ISBN 978-986-5607-84-5（平裝）
857.7 105018858

ISBN 978-986-5607-84-5
Printed in Taiwan

作者 夜不語
封面繪圖 Kanariya
總編輯 莊宜勳
主編 鍾靈
美術設計 三石設計

出版者 春天出版國際文化有限公司
地址 台北市信義區信義路四段458號3樓
電話 02-7718-0898
傳真 02-7718-2388
E-mail story@bookspring.com.tw
網址 http://www.bookspring.com.tw
部落格 http://blog.pixnet.net/bookspring
郵政帳號 19705538
戶名 春天出版國際文化有限公司
法律顧問 蕭顯忠律師事務所
出版日期 二〇一六年十月初版
定價 170元

總經銷 楨德圖書事業有限公司
地址 新北市新店區寶興路45巷6弄6號5樓
電話 02-8919-3186
傳真 02-8914-5524